헌터세계의 귀환자

FUSION FANTASTIC STORY

김재한 장편소설

헌터세계의 귀환자 2

김재한 장편소설

초판 1쇄 찍은 날 § 2018년 12월 21일
초판 1쇄 펴낸 날 § 2018년 12월 28일

지은이 § 김재한
펴낸이 § 서경석

총괄팀장 § 최하나
편집책임 § 이선근
편집 § 최광훈

펴낸곳 § 도서출판 청어람
등록번호 § 제387-1999-000006호
등록일자 § 1999. 5. 31
어람번호 § 제1-2988호

주소 § 경기도 부천시 부일로 483번길 40 서경B/D 3F (우) 14640
전화 § 032-656-4452 팩스 § 032-656-4453
http://www.chungeoram.com
E-mail § chungeorambook@daum.net

ISBN 979-11-04-91901-5 04810
ISBN 979-11-04-91899-5 (세트)

FUSION FANTASTIC STORY

김재한 장편소설

2

헌터 세계의
귀환자

헌터세계의 귀환자

Contents

Chapter10

아티팩트

1

언론은 연일 7세대 각성자들에 대해서 보도하고 있었다.

TV 채널을 어디로 돌려도, 어느 신문을 봐도 이것에 대한 이야기들이 보이지 않는 곳이 없었다.

뉴스는 물론이고 연예계에서도 7세대 귀환자들에 대한 코멘트를 내놓거나 공연을 포함한 각종 특별 이벤트를 열었다.

현실에서 유명인이었다가 각성자 튜토리얼에 소환되었던 사람들이 예능에 출연하는 경우도 볼 수 있었다.

용우는 그런 분위기가 신기하기만 했다.

'어비스의 우리들에게도 이런 미래가 주어졌다면… 달라졌

을까.'

하지만 어비스에서는 누구도 그런 미래를 귀띔해 주는 이가 없었다.

희망이라고는 없이 그저 하루하루 삶을 연명하기 위해 싸워야 하는 삶이었다.

괴물과 싸웠다.

인간과도 싸웠다.

24만 명의 인간이 어딘지 모를 곳에 떨어져서 생존 압력을 받는 상황이다. 다툼과 분쟁이 일어나는 것은 필연이었다.

무엇보다 그 악의적인 핏빛 하늘의 세계는 인간이 서로를 증오할 수밖에 없게 만들었다.

사람 수보다 적은 식량을 안겨주었다.

소수의 인간만 획득할 수 있는 기적을 전투 승리의 포상으로 내걸었다.

그리고 종국에는… 서로를 죽이는 것이야말로 그 어떤 포상보다도 이득임을 받아들이게 만들었다.

'당신들은 행복한 사람들이다.'

용우는 TV에서 웃고 있는 7세대 각성자들을 보며 생각했다.

당신들이 겪은 일 또한 지옥이었다.

그러나 당신들에게는 돌아갈 수 있다는 확신이 있었다.

살아서 돌아가기만 하면 삶이 달라진다는 희망이 있었다.

자신이 세상에 필요한 존재가 될 것이라는 실감이 있었다……

'정말로 부럽군.'

용우는 진심으로 저들이 부러웠다.

어비스에서는 스펠 스톤과 마력석이 화폐 대용품으로 사용되었다.

그것은 대부분 그들이 내몰린 전장에서 발견되었다. 오래전, 어비스가 파멸하기 전에 그곳에 문명이 있었음을 증명하듯이.

스펠 스톤은 어비스의 전사들에게 스펠을 주는 기적의 돌이었다.

어비스의 전사들이 갖가지 스펠을 터득할 수 있었던 것은 스펠 스톤이 지속적으로 발견되었기 때문이다.

하지만 스펠 스톤 중에서도 흔한 것과 희귀한 것이 나뉘었다. 희귀한 스펠 스톤을 앞에 두고 서로 칼부림을 하는 경우는 예사였다.

그리고 다양한 스펠 스톤을 쉽게 얻을 수 있는 방법은…
이미 그 스펠을 보유한 인간을 죽이는 것이었다.

'거기서 끝나기만 했어도 좋았겠지.'

그것만으로도 악몽 같은 일이다.

하지만 어비스의 잔혹함은 거기서 그치지 않았다.

'동료를 죽이는 것이, 함께 등을 맞대고 싸우는 것보다 더 생존에 도움이 되는 세상에 살고 있지 않다는 건… 그 자체만으로 축복이지.'

마음 깊숙한 곳에서 떠오르는 기억들에 용우는 괴로운 웃음을 지으며 TV를 껐다.

*   *   *

7세대 각성자들의 귀환은 온세상에 기쁨을 선사했다.

그러나 모두가 기뻐하는 일조차 누군가에게는 비극이 될 수 있는 법.

단 한 곳, 업무가 폭주해서 죽을 맛이 된 조직이 하나 있었다.

바로 헌터 관리부였다.

"얼굴이 안 좋아 보이는군."

용우는 7세대 각성자들이 귀환하고 일주일 만에 찾아온 김은혜 팀장을 보자마자 말했다.

과로에 시달리고 있는지 짙은 다크서클이 생긴 김은혜가 한숨을 푹 쉬었다.

"당신에게 이 고통의 일부라도 맛보여 주고 싶군요."

"실현될 수 없는 야망은 빠르게 포기하는 게 좋아."

용우의 빈정거림에 김은혜의 눈에 짜증이 떠올랐다.

"크윽, 진짜 내가 모가지가 걸려 있지만 않았어도……."

"오늘은 무슨 일이지?"

"상부에서 앞으로 당신에게 직접적으로 콜을 주고 싶으니까 교섭해 보랍니다."

"나 개인에게 말인가? 그거 법적으로 안 되지 않나?"

"물론 안 되죠. 7세대 각성자 서용우에게는 그럴 수 없고, 어디까지나 정체불명의 헌터, 코드네임 제로에게 그러겠다는 말이에요. 코드네임 제로라니 누가 서른여덟 살 아니랄까 봐 20세기스러운 센스네요."

"내가 지은 이름 아니다."

용우가 벌레 씹는 표정을 짓는 것을 본 김은혜가 상큼하게 웃으며 말을 이었다.

"대외적으로는 팀 크로노스에 콜을 넣으면 팀 크로노스에서 제로에게 의뢰하는 형태가 되겠죠. 돈도 그렇게 전달될 것이고."

"서류 기록상으로는 그렇지만 필요하면 나한테 다이렉트로 콜을 넣겠다 이거군."

"예."

"헌터 관리부에서 굳이 나한테 다이렉트로 콜을 넣을 정도면 그만큼 긴급한 사안일 테지. 받아들이겠어."

"고마워요. 겨우 실적 하나 챙겼네요."

김은혜가 농담 반, 진담 반으로 말하자 용우가 피식 웃었다.

용우 입장에서도 매번 팀 크로노스를 거치기보다는 이쪽이 더 좋다. 조율해야 할 사항이 많다면 김은혜를 통해서 하면 그만이니까.

"이건 새로 발급된 등록증과 라이센스들이에요."

김은혜가 각성자 등록증과 힐러 라이센스, 그리고 헌터 라이센스까지 건네주었다.

용우가 7세대 각성자 중 한 명이라고 정보 조작을 했기 때문에, 처음에 발급받았던 등록증과 라이센스를 폐기하고 새로 발급한 것이다.

"헌터 라이센스까지 발급해 줘도 괜찮은 건가?"

"7세대 각성자 서용우는 지윤호의 뒤를 잇는 또 한 명의 배틀 힐러인 걸로 밀어붙이자고들 하시네요. 그게 아니면 그냥 11월에 남들이랑 같이 헌터 시험 한번 볼래요?"

"고맙게 받지."

용우 입장에서도 배틀 힐러로 알려지는 게 편했다. 콘셉트가 뚜렷하면 위장하기도 쉬우니까.

그리고 배틀 힐러로 행세한다면 사람들도 백원태가 용우를 높게 평가하는 것을 납득하기도 쉬우리라.

"힐러 & 서포터라니, 처음에도 이걸로 활동하려고 했었지만 별로 적성에 맞는 포지션은 아닌데. 백 사장님이랑 이야기를 좀 해서 디테일을 조정해 봐야겠군."

"……."

"왜 그렇게 봐?"

"아뇨. 백원태 사장 같은 거물을 이웃집 아저씨 부르듯이 부르는 걸 듣고 있자니 참 뭐라고 말해야 할지 모르겠어서요."

"부러운가?"

"아니거든요?"

신경질적인 김은혜의 반응에 용우가 쿡쿡 웃었다.

"일반적으로는 사람이 자기에 대해서 알아달라고 할 때 역사 공부를 하고 오라고 하지는 않지."

"네?"

"그런데 백 사장님은 그러더라고."

"……."

"이게 무슨 헛소리인가 싶었는데… 인터넷 뒤져보니까 그럴 만하더라?"

백원태는 이 나라 헌터 업계의 실세다. 용우에 대한 헌터 관리부의 태도를 자신의 뜻대로 바꿔 버릴 수 있을 정도의 힘이 있었다.

그가 그런 영향력을 갖게 된 이유를 알려면 퍼스트 카타스트로피 이후 대한민국 정부가 헌터들을 대하던 태도까지 거슬러 올라가야 한다.

원래 각성자들은 2세대까지만 해도 선택의 자유 없이 군 소속이 되어 쥐꼬리만 한 봉급만 받으면서 목숨을 걸고 몬스터와 싸워야 했다.

그때는 한국만이 아니라 많은 국가들이 생존을 위해 그런 정책을 펴는 시대였다.

역사의 터닝 포인트는 상온 핵융합 기술의 개발이었다.

이 기술이 발표됨과 동시에 세계적으로 마력석이 가장 가치 있는 자원으로 떠올랐다.

그러자 각성자들은 자신들의 싸움이 막대한 가치를 창출함을 알게 되었다.

그들의 불만은 무시무시한 속도로 쌓였고, 결국 폭발해서 들고 일어났던 것이다.

당시 한국에는 군부의 힘이 막강해져서 나라를 뜻대로 좌지우지하고 있었다.

장성의 기분을 거스르면 쥐도 새도 모르게 어디론가 끌려가 병신이 되거나, 죽는다.

그런 숨 막히는 분위기가 나라를 지배하고 있었다.

이런 분위기 속에서 각성자들이 궐기하자 군부에서는 무력으로 그들을 진압하고자 했다.

그러나 그때까지 궐기에 참가하지 않았던 각성자들도 무력 진압이 행해지자 등을 돌렸고, 결국 양측의 충돌이 심각한 유혈 사태를 빚었다.

이 사태에서 승리한 것은 각성자들 측이었다.

각성자들을 진압하기 위해 투입된 군대는, 머릿수와 화력 면에서 보면 당시의 각성자들을 모조리 살해하고도 남았을 것이다.

초기 각성자들 능력은 그리 뛰어나지 않았고, 각성자 전용 장비 성능도 열악했으니까.

무엇보다 7세대 각성자가 탄생한 지금까지도 체외 허공장을 지닌 각성자는 극소수다.

즉, 각성자가 초인이라고는 하나 군대를 무서워할 수밖에 없었다는 뜻이다.

그러나 각성자들은 군대와 정면으로 충돌하는 대신 자신들의 능력을 십분 활용해서 군대의 머리만을 쳐냈다.

무력 진압 명령이 떨어지고 나서 채 며칠도 지나지 않아서 나라를 좌우하던 군 장성들이 죽어나갔다.

정부 위에 군림하던 군부의 권력은 허무하게 붕괴했고, 국가의 권력 구조가 재편되었다.

이 과정에서 각성자들의 뜻을 하나로 모으는 구심점 역할을 한 사람들 중에 팀 크로노스의 사장 백원태와 팀 블레이드의 사장 오성준이 포함되어 있었다.

그렇게 군부의 권력을 붕괴시킨 다음의 일들 또한 그들의 주도로 이루어졌다.

그들은 군부의 권력을 승계하여 각성자들이 지배하는 사회를 만드는 대신, 군부가 지배하던 사회 분위기를 정상화하고 각성자들을 그 사회 속에 녹아들게 하는 길을 택했다.

반년도 안 되어서 군부가 아니라 민간 소속으로 국토방위사업에 공헌하는 헌터의 존재가 승인되고, 헌터 관리부가 설립되면서 헌터 활동이 제대로 된 시장경제의 일부로써 이익을 창출하기 시작했다.

즉, 지금의 헌터 업계는 그들이 만들어냈다고 과언이 아니었다.

*   *   *

그날 저녁, 용우는 백원태와 식사를 함께했다.

그 자리에는 백원태만 있는 게 아니었다. 그와 똑같은 의미로 어깨를 나란히 하는 거물, 팀 블레이드의 사장 오성준도 함께 있었다.

문득 용우가 두 사람을 빤히 바라보며 눈살을 찌푸렸다.

그러자 백원태가 물었다.

"왜 그럽니까? 디저트가 별로예요?"

"아뇨. 엄청 맛있습니다. 감동적일 정도군요."

어비스로 소환되기 전의 용우는 서민 가정에서 자라난 젊은이였다.

당연히 5성 호텔 레스토랑의 프렌치 풀코스 같은 것과는 인연이 없었기에 백원태, 오성준과 함께 하는 식사는 맛있기만 한 것이 아니라 놀랍고 신기한 경험이었다.

'어비스에서 워낙 못 먹고 살아서 더 그런 거기도 하지만.'

어비스에서의 식생활은 정말 끔찍한 수준이었기 때문에 지구로 돌아온 뒤로는 뭘 먹어도 맛있었다.

편의점 푸딩이 너무 맛있어서 눈물 흘리고 싶은 기분에 공감할 수 있는 사람은, 최소한 대한민국에는 희귀할 것이다.

백원태가 물었다.

"그런데 왜 그럽니까?"

"이렇게 분위기 있는 식당에서……."

그들이 식사 중인 크로노스 호텔 최상층 레스토랑의 VIP 룸은 서울의 야경을 내려다볼 수 있는 근사한 뷰를 자랑하는 곳이었다.

"이렇게 호화로운 식사를 하는데 마주 앉아 있는 사람들이 칙칙한 아저씨들이라고 생각하니 좀 우울해져서 그만."

"에이, 용우 씨도 참. 우리가 어딜 봐서 칙칙한 아저씨들입니까? 지금도 업계의 미중년들로 선정되어서 남성 잡지 화보 촬영도 하고 그러는데."

"……."

"진짭니다."

백원태는 정색하더니 휴대폰으로 최근에 촬영한 남성 잡지의 화보 이미지를 띄워서 보여주기까지 했다.

오성준이 그를 흘겨보며 혀를 찼다.

"나잇살 먹었으니 체통 좀 챙기지?"

"그런 건 부하 직원들 상대로나 챙기면 되지. 그러고 보니 자네, 용우 씨한테 정산은 제대로 해주는 거지?"

"의뢰금 5억은 너희 회사로 쏴줬지 않나. 너희 회사를 거치는 만큼 여러 번 나눠서 하기보다는 한꺼번에 정산할 생각인데……."

오성준은 팀 블레이드에서 직접 용우에게 돈을 전달하는 대신 팀 크로노스를 통해서 전달하기로 했다.

제로의 정체가 서용우라는 것을 아는 사람을 더 늘리지 않기 위한 조치였다.

오성준이 용우에게 물었다.

"혹시 당장 돈이 필요한가? 그럼 일단 20억 정도는 미리 지급하지. 물론 총액은 훨씬 많을 거다."

대전에 발생한 30미터급 게이트에서의 용우의 활약은 엄청 났다. 전술 시스템이 판정한 전투기여도대로만 배분해도 막대한 이익금이 떨어질 것이다.

게다가 용우는 긴급 의뢰로 불려온 것이라 오성준은 팀원들에게 이익금을 배분할 때와는 다른 원칙을 적용시켰다. 팀이 전투에 투자한 금액을 제외하지 않고 순수이익금으로 배분해주기로 한 것이다.

단 2번의 전투를 치렀을 뿐인데도 용우의 재산은 수백억 원 수준으로 폭증하고 있었다.

"아뇨. 괜찮습니다. 떼먹지만 않으면 문제없어요. 돈 문제는 백 사장님하고 이야기해 주시죠."

"백 사장님이라."

친근감이 느껴지는 말투에 오성준이 백원태를 바라보았다. 그러자 백원태가 의기양양한 표정으로 말했다.

"들었지? 용우 씨랑 내 사이가 이 정도야. 혹시라도 용우 씨 간 볼 생각하지 말라고."

"왠지 이 친구 표정이 썩어 문드러져 가고 있는 걸로 보이는데."

"부끄러워서 그러는 거지, 하하하. 용우 씨가 부끄러움을 많이 타거든."

오성준이 못 볼 걸 봤다는 표정으로 말했다.

"이놈이 원래 좀 주책이야. 젊을 때부터 그랬지. 그런 주제에 또 근엄한 척 연기는 잘해요."

"그랬을 것 같습니다."

용우는 거침없이 고개를 끄덕였다.

백원태는 그게 또 재밌는지 한차례 킬킬거리더니 툭 던지듯 말했다.

"그나저나 우리 오 사장님, 배팅을 아주 세게 하셨던데?"

"지윤호를 빼앗겼을 때를 되풀이할 생각은 없다."

"그래도 아직 기초 교육도 안 끝난 신인한테 연봉 40억을 들이밀다니, 이건 뭐, 완전 깽판 놓는 수준 아니신가?"

"쫄리면 물러나면 그만이지 왜 사석에서 시비인가?"

오성준이 코웃음을 쳤다.

용우가 둘이 무슨 소리를 하는지 몰라서 멀뚱멀뚱 듣고만 있자니 백원태가 들어보라는 듯 말했다.

"이게 무슨 소리냐면, 이번에 7세대 각성자 중에 진짜 대박 신인이 하나 나왔습니다."

"대박 신인?"

"기초 교육 기간 동안에는 소환 전의 신원 말고는 엠바고가 걸려 있어서 아직 보도가 안 나갔죠. 하지만 지금 업계가 유현애라는 아가씨 때문에 떠들썩합니다."

전문가들이 예상한 대로 7세대 각성자들의 숫자는 6세대와 별로 다르지 않았다.

7세대 소환자 2만 명 중에서 각성자가 되어서 돌아온 이는 1만 2천여 명.

6세대와 거의 차이가 없는 숫자였다.

"하지만 6세대 때 생환률이 60%를 넘은 시점에서, 앞으로 더 이상 늘어나기 힘들다는 것은 예상된 바였죠."

그 예상에는 여러 가지 이유가 있지만, 가장 큰 이유는 지역별 각성자 튜토리얼 대비 교육 수준의 격차다.

한국은 이에 대한 대비가 정말 잘되어 있는 나라다. 막대한 예산을 투자해 가면서 정보를 분석하고, 교육과정을 개선해 가면서 국민 전체를 대상으로 한 교육을 지속적으로 실시하고 있다.

하지만 모든 나라가 그런 것은 아니다.

세계 각국의 각성자 분포는 세대를 거듭할수록 부익부 빈익빈 현상이 일어나고 있다.

처음에 시스템을 잘 갖춰놓고 투자를 계속하는 나라는 매 각성자 튜토리얼마다 많은 신인 각성자들을 얻고, 그들을 헌터로 육성하여 더 강한 전력을 갖춘다.

그러지 못한 국가들은 각성자 튜토리얼로 소환된 후보자들의 생환률도 형편없고, 겨우 돌아온 각성자들도 별로 많은 포인트를 벌지 못해서 잠재력이 낮다.

당연히 헌터들의 사망률도 높아서 국토방위가 제대로 이뤄지지 않는다. 국가가 안정적이지 못하니 전국민을 대상으로 각성자 튜토리얼에 대한 교육을 실시하지도 못한다.

악순환이 반복되는 것이다.

이런 상황이다 보니 각성자 튜토리얼의 생환률은 더 이상 높아지기가 어려웠다.

"평균 성적이 6세대보다 높을 것은 다들 예상했지만, 완전히 새로운 데이터가 하나 추가되었습니다. 이게 우리나라에만 나타난 사례일지 아니면 다른 나라에도 나타났을지는 아직까지 알 수 없습니다만……."

그것이 올해 20세가 된 젊은 여성 각성자 유현애였다.

"지금까지 각성자 튜토리얼에서 포인트로 얻을 수 있었던 것은 스펠과 특성으로 한정된다는 게 상식이었는데, 그 상식이 깨졌습니다."

한국 출신의 7세대 각성자 중에서 6세대까지의 최종 진행 기록을 경신한 것은 2명 뿐이었다.

하지만 이 문제는 다른 나라도 상황이 비슷했다.

바로 전세대, 즉 6세대 최고 성적 기록자가 워낙 놀라운 성적을 냈기 때문이다. 2위 이하와 차이가 엄청났기에 7세대에서도 깨기 어려울지도 모른다고들 생각했을 정도였다.

어쨌든 유현애는 7세대 각성자 중에서는 한국 최고 성적 기록자였고, 스펠과 특성 말고 다른 것을 지구로 가져왔다.

"아티팩트(Artifact)라고 합니다."

"유물?"

"각성자 튜토리얼을 만든 존재들, 그 존재들로부터 전해진 유물이라는 뜻이 아닐까 싶습니다."

유현애가 각성자 튜토리얼에서 가져온 아티팩트는 마력을 동력원으로 이용하는, 스펠과 동일한 효과를 발휘하는 무기.

불꽃의 활.

"혹시 용우 씨는 여기에 대해서 아시는 게 있습니까?"

"예."

"정말인가?"

용우가 1초도 고민하지 않고 즉답했기에 백원태와 오성준은 깜짝 놀랐다.

용우는 굳은 표정으로 말했다.

"하지만 불꽃의 활… 그 이름 하나만으로는 확실하지 않습니다. 한국이든 외국이든 다른 아티팩트 소유주가 나타나면 말해주십시오. 그것까지도 제가 아는 이름과 일치한다면 그 연관성을 확신해도 되겠지요."

용우는 어비스에서 중반기 이후에야 알게 되었던 그 이름을 떠올렸다.

어비스의 붉은 하늘 저편에 환영처럼 아른거리던, 저주받은 7개의 성좌.

백원태가 웃었다.

"걱정 마시죠. 곧 우리 식구가 될 테니까요. 한번 자리를 마련해 드리겠습니다."

"꿈이 크군. 유현애가 우리 식구가 되는 건 이미 정해진 사실이다. 아, 물론 용우 자네는 염려 말도록. 내가 곧 자리를 마련하고 연락할 테니까."

백원태 오성준과 사이에 불꽃이 튀었다.

2

그러나 백원태와 오성준이 호언장담한 약속이 지켜지는 일은 없었다.

유현애에게 막대한 연봉을 제안한 팀 크로노스와 팀 블레이드는 이어지는 협상전에서 거짓말처럼 다른 팀에 그녀를 빼앗기고 말았다.

"…미안합니다, 용우 씨."

백원태가 잔뜩 풀 죽은 얼굴로 사과했다.

용우는 휴대폰으로 인터넷 기사를 보면서 황당함을 금치

못했다.

〈아티팩트 보유자 유현애, 팀 반도호랑이의 품에!〉
〈역대급 신인 유현애, 아티팩트의 힘은 과연?〉

각성자 귀환 후 2주간의 기초 교육 기간이 끝나고 엠바고가 풀리자마자 사방팔방에 기사가 뜨고 있었다.

유현애는 업계 1, 2, 3위 팀의 제안을 거절하고 중상위권 팀인 반도호랑이에 들어간 것이다.

"후우, 이렇게 될 줄은 몰랐는데… 생각할수록 속이 쓰리군요. 어쨌든 영입에 실패해 버리는 바람에 곧바로 자리를 마련하기는 무리일 것 같습니다. 하지만 방법이야 있으니까 조금만 기다려 주세요."

"알겠습니다."

"그리고 동생분 일은 곧 처리될 겁니다. 헌터 관리부가 아직도 일 처리로 정신없는 와중이라 오히려 쉬울 것 같군요."

비밀스러운 일은 정신없을 때 해치우는 게 최고였다.

그런 이유로, 용우에 의해 복원 특성과 추가적인 힐러 스펠을 터득한 우희의 힐러 라이센스 등급을 조절하고 일종의 희귀 사례 판정이 났다고 처리해 두는 일도 수월하게 처리될 수 있을 것 같았다.

"감사합니다."

"뭘요. 날 믿고 그런 엄청난 비밀을 털어놔 줬는데 내가 고마워해야죠."

용우는 우희를 제외하면 오직 백원태에게만 스펠 스톤에 대한 정보를 알려주었다.

"어비스는 정말 우리의 상식을 무참하게 깨버리는군요. 스펠 스톤에 대한 게 알려지면 세상이 발칵 뒤집어질 겁니다."

스펠 스톤의 존재가 알려지면 인류의 방위 전략 그 자체를 수정하게 만들 수 있다.

헌터 육성에 대해서도 전면적인 재검토가 이루어질 것이다.

"0세대 각성자의 존재 자체가 폭탄인데, 그보다 더한 폭탄을 들고 있었을 거라고는 상상도 못 했습니다."

용우를 보면 볼수록 놀랍다는 말밖에 할 말이 없었다.

"그나저나 여기는 마음에 드십니까?"

백원태가 화제를 돌려서 물었다.

용우는 이틀 전부터 크로노스 그룹의 트레이닝 센터에 와 있었다.

용인에 광활한 부지를 사들여서 건립된 이 트레이닝 센터는 국내 최고는 물론이고 아시아 전역을 통틀어도 최고급 시설을 자랑했다. 다양하고 뛰어난 훈련 시설은 물론이고 서비스적인 측면에서도 완벽하다.

교외에 있는 만큼 고급 호텔급 숙박 시설도 붙어 있고, 훈련 인원을 위한 마력 시술 설비와 전문 의료진까지 대기하고 있었다.

집에서 출퇴근하기에는 먼 거리였기 때문에 용우는 이틀째 숙식하면서 훈련을 하고 있었다.

"아주 좋더군요. 와보고 놀랐습니다. 다른 헌터 팀들도 보이던데요?"

"헌터 팀들의 재정이 빵빵하다고 해도 우리 회사처럼 자체적으로 전술훈련까지 포함한 모든 훈련이 가능한 시설을 갖춘 곳은 거의 없거든요."

그래서 헌터 팀들은 필요할 때마다 이런 트레이닝 센터를 이용하고 있었기에 이 트레이닝 센터는 크로노스 그룹에 많은 수익을 안겨주고 있었다.

"어쨌든 아주 만족하고 있습니다. 밥도 맛있고."

VVIP 회원인 용우는 호텔을 포함한 이곳의 모든 시설을 무료로 이용하고 있었다.

원한다면 격투기부터 시작해서 전술, 마력 운용법에 이르기까지 모든 분야의 트레이너도 무료로 쓸 수 있다기에 사양하지 않고 불러봤다.

그 결과는 놀라웠다.

격투기나 전술이야 용우가 스스로 부족함을 알고 많이 배워야 한다고 생각하는 부분이었지만 마력 운용법에 대해서는 전혀 기대하지 않았다.

자신이 지구의 헌터들보다 훨씬 앞서 있다고 생각했기 때문이다.

하지만 실제로 배워보니 그렇지가 않았다.

물론 실전적인 측면에서 보면 용우는 확실히 탁월하다. 지구상에 유일하면서도 치열한 경험을 통해 습득한 그 기술은 누구도 따를 수 없는 것이리라.

그러나 이론적인 측면에서는 그렇지가 않았다.

인류는 몬스터와 싸우기 위해서 문명의 힘을 쏟아부어 왔다.

당연히 각성자에 대한 연구에도 천문학적인 자금이 투자되고 있었고, 그만큼 뛰어난 인재들이 연구하여 결과를 내왔다.

인체의 문제와 특성을 진단하고 발전시키는 방법이 고도로 발달한 것처럼, 마력 기관의 특성을 파악하고 그것을 성장시키기 위한 방법 또한 계속해서 발전해 왔다.

용우는 자신이 감각적으로 체득하고 있던 영역이 이론화되어 있다는 사실에 놀랐다.

그리고 그 이론을 기반으로 창조된, 마력 기관의 피로를 회복하거나 다양한 방식으로 부하를 줘서 발달시키는 훈련법을 접하고는 더더욱 놀랐다.

'생각해 보면 우리는 24만 명으로 시작, 소집단으로 갈라져서 3년 동안 노하우를 발전시켜 왔을 뿐이지. 연구 자료라고는 전부 개인의 경험을 공유한 수준이고 집단끼리의 교류도 인색했다.'

그에 비해 지구에서는 수십억 인류가, 21세기까지 발전된 인프라 위에서 다이나믹하게 정보 교류를 하면서 생존 투쟁을 해온 것이다.

다루는 분야가 같다면 그 발전 속도는 비교도 안 될 정도로 빠른 게 당연하다.

오히려 용우가 지구 인류가 12년 동안 이룩해 낸 성과에 뒤처지지 않았다는 점이 비정상적인 것이다.

용우가 이런 감상을 이야기하자 백원태가 만족스러운 듯 웃었다.

"만족스럽다니 다행이군요. 얼마든지 쓰고 싶은 만큼 쓰세요. 혹시라도 여기서 하기 꺼려지는 훈련을 하고 싶어지면 이야기하시고."

"알겠습니다."

용우는 이곳에서는 어디까지나 7세대 각성자, 국내 2번째 배틀 힐러로서 훈련하고 있다.

아무래도 모든 능력을 발휘해 가면서 훈련하려면 백원태의 배려에 기댈 수밖에 없었다.

"그래도 당분간은 여기만으로도 충분할 것 같습니다."

용우가 이틀 전부터 이곳을 이용한 것은 각성자들의 의무 교육 기간 때문이다.

한국의 모든 각성자는 귀환하면 신원 확인 절차를 거치고 15일간 의무적으로 헌터 관리부에서 운영하는 기초 교육을 수료하게 된다.

일단은 용우도 이 교육을 수료한 것으로 서류 조작이 이뤄 졌기에 한동안 두문불출해야 했던 것이다.

"얼마나 있을 생각이십니까?"

"일주일만 채우고 갈 겁니다. 한 번 더 마력 시술을 받고 가려고요. 여동생도 걱정할 테니 집에 갔다가 다시 오든가 해야죠."

용우는 이틀 전, 이곳에 오자마자 마력 시술을 받았다.

지구로 돌아오고 나서 3번째 마력 시술이다.

앞선 두 번은 3천만 원 분량을 투입했지만 이번에는 그만큼을 투입하고도 여유가 많이 남는 느낌이라 2천만 원 분량을 추가로 투입했다.

그것만으로도 용우의 마력기관 상태가 얼마나 좋아졌는지를 알 수 있었다.

'잘 먹고, 잘 자고, 전장에서 몬스터도 에너지 드레인으로

빨아먹고… 이런 좋은 시설에서 훈련까지 하면 뭐 금방 회복하겠지.'

용우는 지구에서 손에 넣은 환경이 마음에 들었다.

         *   *   *

그리고 4일 후, 용우는 뜻밖의 소식을 듣게 되었다.

아티팩트의 주인, 유현애가 크로노스 그룹의 트레이닝 센터를 이용하기 위해서 왔던 것이다.

반도호랑이도 대규모 훈련 시설을 갖지 못한 곳인지라 전술 훈련을 위해 크로노스 그룹의 트레이닝 센터를 예약한 모양이다.

"슈퍼루키 두 사람의 만남! 이런 식으로 기사가 나갈지도 모르겠는데요?"

그 소식을 전해준 트레이너가 웃으면서 말했다.

유현애만큼은 아니었지만 용우는 이미 헌터 업계의 주목받는 신인이었다.

지윤호의 뒤를 잇는 또 다른 배틀 힐러.

7세대 각성자 중에서는 전세계적으로 3명의 배틀 힐러가 배출되었다고 알려졌으며 용우도 그중 하나였다. 한국인 중에서는 용우가 유일했기에 주목받는 것은 당연한 이치였다.

'우희한테 미안하군.'

이미 여동생에게서 기자들이 취재한답시고 찾아온 것에 대해서 잔뜩 짜증을 내는 전화가 걸려왔었다.

용우는 관심 없는 척을 하면서 트레이너에게 말했다.

"글쎄요. 그러거나 말거나 그쪽에서는 저한테 관심도 없을 걸요."

"에이, 그렇진 않을 겁니다."

"왜요?"

"고객님은 배틀 힐러지 않습니까? 게다가 프리랜서고. 아마 그쪽에서도 안면을 터두고 싶을걸요?"

그 말대로였다.

마력 트레이닝을 마치고 나오는 용우를 두 명의 여자들이 기다리고 있었다.

"안녕하세요."

인사를 해온 것은 캐주얼하게 차려 입은 동글동글한 인상의, 하지만 키도 크고 여성으로서는 상당히 근육질로 보이는 여성이었다.

꽤나 강렬한 인상을 주는 사람이었지만, 용우의 시선은 그녀에게 향하지 않았다.

그 옆에 교복 비슷한 스타일의 옷을 입은 소녀에게 눈길이 갔다.

'유현애.'

언론에서 하도 떠들어대서 용우도 그녀를 한눈에 알아볼 수 있었다.

단발머리 소녀다. 20세가 되었는데도 보는 순간 소녀라는 느낌이 드는 귀여운 얼굴에 키도 160센티에 못 미쳐서 체격이 작았다.

키는 작지만 신체 비율이 좋아서 주변에 비교될 만한 것이 없으면 작다는 느낌도 별로 안들 것 같았다. 외모도 예뻐서 언론에서 더 주목하는지도 모르겠다.

그런데 두 사람의 시선이 마주하는 순간이었다.

두근!

용우의 심장이 거세게 고동쳤다.

'이건?'

생각지 못한 증상이 일어난 것은 용우만이 아니었다.

"아……?"

유현애가 가슴을 움켜쥐고 비틀거리고 있었다.

"현애야?"

근육질의 여성이 놀라서 그녀를 붙잡았다.

치지직……!

용우와 유현애 사이의 허공이 일그러지면서 시퍼런 스파크가 튀기 시작했다.

누구도 예상치 못한 상황이었다.

용우와 유현애의 거리가 5미터 이내로 줄어들고 서로의 시선이 마주치는 순간, 양쪽의 마력 기관이 공명하면서 생각지도 못한 사태를 빚어냈다.

"뭐야?"

근육질 여성이 놀랄 때, 유현애가 억지로 목소리를 쥐어짜내서 외쳤다.

"도망, 치세요……! 통제가, 안, 되고 있……!"

일그러진 공간이 파문을 그리면서 그 속에서 시뻘건 빛이 솟구치기 시작했다.

그리고 그 빛이 어떤 형상을 그려낸다.

용우가 이를 악물었다.

'불꽃의 활!'

유현애가 각성자 튜토리얼에서 가져온, 인류의 과학기술로 해명할 수 없는 신비한 힘이 깃든 무구(武具)!

"아, 이건, 대, 체……?"

유현애가 괴로워하며 무릎을 꿇었다.

소재를 알 수 없는 새빨간 광택을 흘리는 서양식 대궁이 모습을 드러낸다.

그런데 모습을 드러낸 것은 활만이 아니다. 그것을 쥔 정체 불명의 존재도 있었다.

그 존재는 오로지 실루엣만이 존재한다. 뿌연 빛으로 그려진 인간을 닮은 실루엣이 불꽃의 활을 쥐고 있었다.

"역시."

용우가 그 존재를 보며 눈을 가늘게 떴다.

가슴이 터질 것 같았던 고동은 조용하게 가라앉은 후였다.

그는 이 존재를 알고 있다.

이 순간, 그가 아티팩트에 대해서 품었던 의문은 확신이 되었다.

파지지지직……!

격렬하게 날뛰며 복도를 무너뜨릴 듯 뒤흔드는 스파크 속에서 용우가 중얼거렸다.

"성좌의 아바타."

스파크에 파묻혀 그 소리는 용우 자신에게만 들렸다.

"큭……!"

근육질 여성이 유현애를 뒤로 밀어내고 앞으로 나아가기 시작했다.

신체를 보호하며 전개된 마력은 지금의 용우를 능가하는 수준이다. 베테랑 헌터, 그것도 근접 전투계 능력자이리라.

하지만 그녀가 스파크를 뚫고 나아가는 것보다 용우가 더 빨랐다.

―허공장 전개!

항시 용우의 몸을 덮고 있는 허공장이 푸른빛의 막으로 가시화되면서 퍼져 나갔다.

그리고 놀랍게도 몸 밖에서 재조립되면서 불꽃의 활을 덮었다.

"헉!"

근육질 여성이 깜짝 놀랐다.

용우의 허공장이 불꽃의 활을 감싸자 진동과 스파크를 발생시키던 마력 파동이 멎었기 때문이다.

"크으으으윽……!"

용우는 이마에 핏줄이 튀어나올 정도로 힘을 끌어내고 있었다.

'빌어먹을! 고작 이 정도에 애를 먹다니! 12년 봉인되어 있었다고 이 모양 이 꼴이라니 너무하는 거 아니냐? 근성 없는 마력 기관!'

용우는 약해진 자신의 마력 기관을 욕하면서 젖 먹던 힘을 다해 기술을 완성시켰다.

―반전(反轉)! 마력 차단!

순간 괴로워하던 유현애가 눈을 휘둥그레 떴다.

"어?"

그녀가 괴로워한 이유는 자기 의지와 상관없이 마력 기관이 최대 출력으로 가동했기 때문이다.

도구에 불과해야 할 불꽃의 활이, 오히려 주인을 도구 취급하면서 힘을 끌어가고 있었던 것이다.

그런데 갑자기 불꽃의 활로 끌려들어 가던 마력의 흐름이 뚝 끊겼다.

고통에서 벗어난 유현애는 고개를 들었고, 그리고 더욱 놀라운 광경을 보게 되었다.

우우우우우!

공기가 진동한다.

불꽃의 활을 가둔 허공장이 서서히 압축되고 있었다.

인간을 닮은 빛의 실루엣이 그 속에서 형체를 잃고 흩어지고, 불꽃의 활 역시 찌그러지면서 한 점으로 수렴되어 갔다.

파지직…….

결국 작은 스파크를 마지막으로 불꽃의 활이 사라졌다.

"헉, 헉, 허억……."

용우가 땀을 비 오듯이 흘리면서 주저앉았다.

근육질 여성이 안절부절못하고 있는데 유현애가 비틀거리며 다가와서 말했다.

"아, 저기… 감사합니다. 그게, 그러니까… 지금까지는 한 번도 이런 일이 없었는데 왜 이랬는지……."

"당신."

횡설수설하는 그녀를 용우가 똑바로 노려보며 말했다.

"민폐야."

"뭐, 뭐라고요?"

"아윽, 죽겠……."

그의 직설적인 폭언에 유현애가 눈을 휘둥그레 뜨는 순간, 용우가 신음을 흘리며 그대로 쓰러졌다.

"어?"

유현애는 그대로 굳어버렸다.

"어어어어어?"

3

용우가 눈을 떴을 때는 집도, 호텔의 자기 방도 아니었다.

호텔 객실 비슷한 느낌이지만 아무리 봐도 호텔은 아닌 것 같은 묘한 인테리어의 방이었다.

"아, 용우 씨. 깨어났군요."

반가워하는 목소리가 들려왔다.

그 목소리의 주인을 본 용우의 표정이 묘해졌다.

"왜 사장님이 여기 계십니까?"

백원태가 당장 감격의 포옹이라도 할 기세로 다가왔기 때문이다.

　"음? 그야 용우 씨가 쓰러졌다는 소식을 듣고 너무 걱정이 된 나머지 업무고 뭐고 다 때려치우고 달려왔습니다."

　"……."

　"표정이 왜 그럽니까? 걱정되어서 달려온 사람한테."

　"아니, 그냥 좀… 깨서요. 보통 이런 때는 제 여동생이 와서 과일이라도 깎고 있어야 하는 거 할 것 같은데 왜 선글라스를 쓴 칙칙한 아저씨가 반겨주는 건지."

　"용우 씨, 누가 15년 전에 실종된 사람 아니랄까 봐 말하는 게 완전 쌍팔년도 드라마네요. 어디 가서 그런 소리 하면 노땅 소리 듣습니다."

　키득거리던 백원태가 표정을 바꾸고 물었다.

　"그래서… 대체 뭐가 어떻게 된 겁니까? 그 두 사람한테 이야기는 들었는데 뭐가 뭔지 모르겠던데요."

　"음……."

　"말하기 어려운 겁니까?"

　"아뇨. 이거 과금하셔야 하는 정보라서."

　용우의 말에 백원태가 뿔이 난 얼굴로 휴대폰을 들며 말했다.

　"알았습니다. 당장 질러 드리죠, 까짓것."

"농담입니다."

"……"

용우는 자신을 노려보는 백원태에게 '다른 사람도 아니고 백 사장님이니까 그냥 말해주겠다'는 소리를 하려다가 그만두었다. 무슨 반응이 나올지 무섭다.

"지난번에 아티팩트 이야기를 들었을 때 짐작 가는 바가 있다고 했었죠."

"그랬었죠. 어비스의 일곱 성좌… 라고 했던가요?"

"예. 엠바고가 풀리면서 전 세계의 아티팩트 정보를 듣고 짐작이 확신으로 변했습니다."

7세대에 와서야 처음으로 등장한 각성자의 무기, 아티팩트.

각성자들이 귀환한 지 3주가 지난 지금 아티팩트 보유자는 전 세계에 7명이 존재한다는 사실이 밝혀졌다.

그들이 가진 아티팩트는 다음과 같다.

불꽃의 활.
광휘의 검.
빙설의 창.
굉음의 도끼.
새벽의 해머.
뇌전의 사슬.

대지의 로드.

"일곱 개 모두 성좌의 이름하고 똑같습니다."

"그 성좌란 대체 뭡니까?"

"글쎄요. 저도 모릅니다. 다만 우리가 본 것은 어비스에서 누군가 죽으면, 우리가 영혼이라고 믿었던 것이 하늘로 올라가서 그 성좌에 먹히는 것."

그리고 그 성좌가 빛나며 지상에 아바타가 강림했다는 것이다.

"아바타는 마치 갑옷을 입은 인간 같았습니다. 대화가 가능한 존재는 아니었지만 어쨌든 그 아바타는 성좌의 형상을 한 무기를 써서 괴물… 그래요. 몬스터들을 격멸했죠."

한 사람이 죽을 때마다 한 번씩 아바타가 강림한다.

그 힘은 실로 '강림'이라는 말이 어울리는 초월적인 것.

어비스의 전사들 중에는 그것을 신성한 무언가로 해석하는 자도 있었다.

그러나 용우에게는…….

"마치 죽은 자의 영혼을 제물로 받고 강림해 주는, 인신공양(人身供養)을 받는 고대의 사악한 신 같았습니다."

그저 한없이 두렵고 혐오스러운 존재일 뿐이었다.

"……."

문득 용우는 백원태의 분위기가 이상하다는 것을 느꼈다.

뭔가 한마디 해야 할 것 같은데 심각한 표정으로 생각에 잠겨 있었던 것이다.

"사장님?"

"아, 용우 씨. 잠깐만 기다려 보세요."

백원태는 휴대폰을 들더니 보안 폴더에 넣어둔 앱을 켰다. 그리고 그 앱에서 몇 차례 본인 확인 절차를 거치더니 하나의 이미지를 띄웠다. 척 봐도 굉장히 중요한 기밀 데이터에 접촉하려는 것 같았다.

"혹시 용우 씨가 본 그 아바타, 이 이미지와 닮았습니까?"

"어떻게 이걸?"

용우는 경악을 금치 못했다.

백원태의 휴대폰 화면에 떠 있는 이미지는 기묘한 디자인의 붉은 갑옷을 입은 여성의 모습이었다.

그 손에는 유현애의 것과 똑같은 불꽃의 활이 들려 있었다.

척 봐도 여성임을 어필하는 그 갑옷은 지구의 역사 속에 존재했던 갑옷은 아니다. 모르는 사람에게 보여준다면 게임 캐릭터라고 생각할 이미지였다.

"이건 말하자면 몽타주 같은 겁니다. 목격 정보를 종합해서 그리게 한 거죠."

"이걸 목격했다고요? 누가?"

"우리입니다."

그렇게 말한 백원태는 허공을 보며 긴 한숨을 내쉬었다. 마치 옛날 일을 회상하는 것처럼.

"나와 오성준을 포함한 초창기의 헌터들이 가장 많이 목격했고… 지금까지도 인류가 감당할 수 없는 최대급 규모의 게이트에서 목격되고는 합니다."

백원태가 역사에 기록되지 않은 비밀을 이야기하기 시작했다.

"이제 용우 씨는 그동안의 역사에 대해서도 알았을 것이고, 직접 실전을 경험하면서 헌터들의 수준이 어떤지도 알았겠지요."

"예."

"그럼 이상하다고 생각하지 않았습니까?"

"무엇을 말입니까?"

"왜 이 세계가 이렇게 멀쩡한지."

"……."

그 말은 확실히 용우가 마음속에 품고 있던 의문을 정확하게 짚어내고 있었다.

용우가 말했다.

"제가 그동안 알게 된 바에 따르면… 12년 동안 각성자들의 평균 수준은 지속적으로 상승해 왔습니다."

"그렇습니다. 이견의 여지가 없는 부분이죠."

"그렇다면 헌터 업계를 기준으로 볼 때, 헌터들의 전투 능력 향상 폭은 그 이상이었다고 추측해 볼 수 있습니다."

용우는 트레이닝 센터에 와보고서 그 점을 확신했다.

그동안 인류가 각성자에 대해서 연구한 성과가 너무나 크다.

초창기 헌터들과 지금의 헌터들은 40년 전의 격투기 선수와 지금의 격투기 선수 이상으로 기술 수준의 차이가 클 것이다.

"그렇습니다. 나만 해도 그 발전 속도를 실시간으로 체감했었죠."

백원태는 한국 헌터 업계의 살아 있는 역사라고 할 수 있는 사람이다.

그 자신도 은퇴 전까지는 업계의 발전과 발맞춰서 계속 발전했던 헌터이기도 했다.

"각성자로서의 출발점, 그리고 잠재력을 끌어내는 효율, 최종적인 완성도가 모두 크게 상승했는데 거기에 장비와 전술의 발전까지 더해졌지요. 사장님이 각성자가 되셨을 당시만 해도 마력 포션은커녕 증폭 탄두조차 없지 않았습니까?"

"맞습니다. 증폭 탄두만 해도 내가 국군 소속으로 실전에 투입되고 나서 1년이 지난 시점에서 나왔죠. 당연하지만 초기

제품은 지금하고는 비교도 안 되는 조악한 퀄리티였고."

"그렇다면 전투 능력 면에서 초창기 헌터들과 지금의 헌터들은 비교도 할 수 없는 수준이라는 결론이 나오죠."

여기서 주목해야 할 부분은 지금의 헌터들이 강해졌다는 점이 아니다.

당시의 헌터들이 약했다는 점이다.

헌터들만이 아니라 그들을 중심으로 한 인류의, 몬스터에 대한 전투 능력 자체가 약했다.

"그런데도 인류는 문명을 지켜냈습니다. 확실히 이상한 일이에요."

물론 인류는 퍼스트 카타스트로피 이후 초창기 몇 년 동안 막대한 피해를 입었다.

퍼스트 카타스트로피 이후 몇 년간 세계 인구는 격감했다. 한때 70억 명을 넘었던 세계 인구는 지금은 50억 명 미만까지 줄어들었다.

하지만 그건 지금 일어나고 있는 일들을 보면 너무나 이상한 일이다.

지금 이 순간에도 세상 어디서는 게이트가 열리고 있다. 그것도 한두 개가 아니고, 그중에는 지금의 헌터들조차 큰 희생을 치러야만 닫을 수 있는 것들도 있다.

그런데 초창기 헌터들이 피해를 그 정도 수준으로 억제했다고?

당시에는 5등급 몬스터만 출현해도 게이트 제압을 포기하고 일대를 다 날려 버릴 대규모 파괴 병기 투입을 각오해야 했을 텐데?

"심지어 40미터급을 제압한 사례들도 있더군요. 그것도 하나도 아니고 여럿."

용우가 경험한 두 번의 전투를 근거로 추측해 본 바로는 그건 불가능한 일이다.

지금의 헌터들이라면 모를까, 당시의 헌터들은 절대 그럴 수가 없었다.

능력도, 장비도, 서포트 시스템도… 심지어 헌터들의 머릿수마저도 절대적으로 열악하지 않았던가?

"물론 초창기에는 지금보다 게이트 발생 빈도가 낮았다고 하더군요. 퍼스트 카타스트로피 이후 7년 시점까지 연간 게이트 발생 횟수가 늘어나다가 그 후로는 큰 변동이 없다죠? 하지만 그걸 감안해도 납득하기 힘들었습니다. 어떻게 그럴 수 있었습니까?"

"실제로 그랬지요. 사실 우리의 힘만으로는 도저히 막을 수가 없었습니다. 당시에는 5등급 몬스터만 해도 절망적이었죠."

백원태가 고개를 끄덕였다.

"하지만 결과적으로 당시의 우리는 5등급은 물론이고 6등급 몬스터까지도, 게이트 안에서 막아냈습니다."

거기에는 비밀이 있었다.

초창기 헌터들이 공유하고 있는 비밀이.

백원태는 휴대폰 화면에 다른 이미지를 띄워 보였다.

그 이미지들은 처음 보여준 이미지와 비슷한 디자인 코드를 가진 다른 존재들이었다.

이미지는 모두 7장.

용우가 말한 어비스의 성좌 숫자와 똑같았으며…….

"그 모든 것은 이 이미지 속의 인물들이 있었기에 가능한 일이었습니다."

용우가 어비스에서 본 성좌의 아바타들과 똑같은 모습을 하고 있었다.

*　　　　*　　　　*

초창기 헌터들이 도저히 쓰러뜨릴 수 없었던, 5등급 이상의 몬스터들.

25미터급 이상의 게이트에서 출현하는 그 몬스터들을 막아낸 것은, 사실은 헌터들이 아니었다.

"바로 이 정체불명의 일곱 명입니다. 우리가 '고스트(Ghost)'라고 부르는 이들이 인류를 지켰다고 봐도 과언은 아닐 겁니다."

그들의 출현은 굉장히 기괴한 방식으로 이루어졌다.

"어느 순간 홀연히 나타나는 적도 있었습니다만, 대부분은 누군가의 시체에 빙의(憑依)하듯이 나타났습니다."

"빙의라고요?"

백원태가 선택한 용어는 묘한 느낌을 주었다.

빙의라면 귀신이 사람의 몸을 빼앗는 현상을 말한다.

아무리 각성자가 마력이라는 힘을 이용해서 초자연현상을 일으키는 자들이라지만 빙의는 너무나도 오컬트스러운 용어가 아닌가?

"그래요. 빙의입니다. 다른 말로 표현하기가 어렵군요."

그들은 오로지 게이트 안쪽에서만 나타났다.

그리고 대부분 각정자 중에 사망한 자가 나왔을 때 출현하는데……

"숨이 끊어진 시체가 호러 영화의 한 장면처럼 몸을 일으키는 겁니다. 그리고 눈에 총기가 돌아오며 생전과는 비교도 안 될 정도로 강력한 마력을 발했죠."

그러면 허공에서 조각조각 출현한 갑옷이 시체를 감싸 완성되면서 몽타주 이미지 속의 모습으로 변하는 것이다.

이 출현 방식이 그들을 '고스트'라는 코드네임으로 부르게 된 이유였다.

"그들의 존재가 비밀로 묻힌 것은 분명 그것이 큰 이유를 차지했습니다. 인류를 구한 영웅들이 시체를 이용하는 네크로맨시(Necromancy)를 구사하는 사악한 존재들이라니, 밝혀져 봤자 누구에게도 득 될 것이 없었지요."

그리고 인류가 강해지면 강해질수록, 더 많은 영역을 커버해 낼 수 있게 될수록 그들을 보기가 어려워졌다.

"제가 아는 한 가장 최근의 목격 정보는 국내에서 1년 반 전에 나타났던 건입니다. 하지만 1년 전 유럽에서도 출현한 것으로 추정됩니다."

1년 전에는 전 세계를 떠들썩하게 한 사건이 있었다.

바로 65미터급 게이트가 유럽에서 출현했으며, 그 안에 자리 잡고 있던 8등급 몬스터를 사냥하는 데 성공한 사건이었다.

그것이 8등급 몬스터를 쓰러뜨린 세계 최초의 사례였다.

이전에도 이후에도 없는 사례였다.

세계 곳곳에 게이트 브레이크로 풀려난 8등급 몬스터가 영역을 구축한 것은, 인류가 그들을 사냥할 수 없기 때문이었으니까.

"언론은 인류가 또 한 번 큰 승리를 거두었다고 떠들어댔지만… 우리는 그것이 인류가 아니라 고스트들에 의한 것임을 거의 확신하고 있습니다."

아직까지 인류의 힘은 8등급 이상의 몬스터에게는 닿지 못한다.

백원태를 비롯한 업계 중진들은 그 절망적인 사실을 인정하고 있었다.

용우가 말했다.

"…사장님 말대로라면 그들은 인류의 수호신인 셈이군요."

"우리가 본 바로는 그렇습니다. 다만 그들이 어떤 목적으로 그런 일을 하는지는 불명이지요."

"각성자 튜토리얼과 관련이 있을 것 같군요."

"아마도 그럴 겁니다."

백원태는 자신 또한 같은 가설을 세우고 있음을 암시했다.

"고스트의 존재 자체는 꽤 많이들 알고 있습니다. 초창기부터 일한 사람들은 모두 알고 있다고 봐도 되고, 알고 있는 사람이 많다 보니 공공연한 비밀 취급을 받죠. 갈수록 나타나는 일이 줄어들다 보니 최근에 업계로 들어온 사람들은 모르기도 합니다만."

"언론에 공개되지 않았을 뿐입니까?"

"인터넷에서도 흘러다니고 있습니다. 도시괴담처럼."

백원태는 피식 웃고는 말했다.

"용우 씨의 귀환은 정말로 지금까지와는 다른 무언가가 시작되는 것을 알리는 신호탄인지도 모르겠군요."

아직까지는 달라진 게 없다.

대전 30미터급 게이트 안에서 막바지에 벌어졌던 일을 제외하면, 납득할 수 없는 일은 무엇 하나 없었다.

하지만 분명 중요한 변화가 시작되었다는 예감이 들었다.

어비스.

0세대 각성자.

아티팩트.

그리고 고스트…….

지금까지 인류의 역사가 기록하지 못했던 이 특별한 퍼즐들이 모였을 때 완성되는 그림은 도대체 어떤 모습을 하고 있을까?

4

백원태는 오성준에게 용우에게 들은 이야기를 해줘도 좋다는 허락을 받고는 돌아갔다.

그리고 그와 교대하듯이 한 사람이 들어왔다.

"크게 다치신 것 같지 않아서 정말로 다행입니다."

유현애와 함께 있던 근육질 여성이었다.

"전 이미나라고 합니다."

그녀가 건네준 명함을 보니 팀 반도호랑이 제1부대의 근접 전투계 헌터들을 지휘하는 분대장이었다.

"현애가 직접 사과드려야 하는데, 또 같은 일이 벌어질지도 몰라서 밖에서 기다리고 있습니다."

"이제는 괜찮습니다."

"예?"

"이제는 저랑 마주쳐도 괜찮을 겁니다. 다만 다른 사람하고 같은 문제가 터질 수 있으니까 앞으로는 주의하라고 하세요."

"그걸 어떻게 아십니까?"

단정 짓는 용우의 말투에 이미나가 의아해하며 물었다.

"전에는 이런 일이 없었다고 했죠?"

"예. 한번도……."

"최초의 사례를 일으킨 사람이라서 아는 겁니다. 걱정되시면 굳이 저와 대면시키실 필요는 없습니다. 리스크는 피하는 게 제일이니까요."

그런데 그때 문이 열리면서 유현애가 들어왔다.

이미나가 당황했다.

"현애야."

"죄송합니다."

유현애는 들어오자마자 고개부터 숙였다.

"몸은 괜찮으신가요?"

"살아는 있습니다."

"……."

까칠한 대답에 유현애의 말문이 막혔다.

하지만 그녀는 곧 용기를 내어서 조심스럽게 물었다.

"여쭤보고 싶은 게 있는데요."

혼란으로 가득 찬 그녀의 눈을 보며 용우가 심드렁하게 대답했다.

"누구 때문에 아프고 피곤해서 싫습니다."

"……."

간결하게 요약된 팩트가 유현애의 멘탈을 묵직하게 후려쳤다.

그녀가 다시금 고개를 푹 숙였다.

"죄송합니다……."

"과실이 누구한테 있는가, 그 사실을 이해하고 있는 것 같군요. 사과는 받겠습니다."

"……."

"아티팩트를 반쯤 전개해 두고 다니는 습관은 고치도록 해요. 말하자면 그거 칼의 잠금 쇠를 풀고 살짝 뽑아둔 상태하고 비슷한 거 아닌가? 언제든지 수월하게 뽑을 수 있는?"

"마, 맞아요."

유현애가 눈을 휘둥그레 떴다.

"아마도 아티팩트라는 게 허공장처럼 여러 차원에 걸쳐 있는, 뭐 그런 건가 본데, 시각을 포함한 광학적 관측 수단에는 안 잡히겠지만 각성자들이 홀리는 마력장하고는 극미세 영역에서 반응합니다. 각성자라고 해도 알아차릴 수 없을 정도로 미미하게 말이죠. 그러다가 나처럼 특정한 대상과 만나면 극미세 영역에서의 반응에 그치지 않고 아까 전 같은 반응이 나타날 수도 있는 겁니다."

생각난 것을 줄줄이 쏟아내던 용우는 문득 유현애와 이미나가 멍청한 표정으로 자신을 바라보는 걸 알아차리고는 작게 한숨을 쉬었다.

"당신네 팀의 전문가한테 가서 지금 들은 걸 말해주세요. 그럼 이해할 겁니다."

"…어떻게 그런 걸 아시죠?"

"당신 때문에 지금 말한 문제의 본질을 직접 접하고 봉합까지 해준 사람이라서요."

"하지만 지금까지 그런 말은 아무도……."

"유현애 씨."

용우가 피곤하다는 듯 이마를 짚으며 그녀의 말을 잘랐다.

"자기가 가진 것의 본질을 모르는 당신의 무지함과 부주의함 때문에 언젠가는 터질 수도 있었던 사고가 터졌어요. 그리고 그 대상자는 나였고, 자칫하다가는 나 하나로 안 끝나고 대형 사고로 번질 수도 있었던 것을 내가 봉합해 준 겁니다."

"죄송합니다……."

흥분하던 유현애는 움츠러든 채 기어 들어가는 목소리로 사과했다.

"반성하고 있는 건 알았으니까 됐습니다. 앞으로는 그런 실수를 하지 않도록 조심하세요. 난 피곤하니까 이만 가줬으면 좋겠군요."

용우가 더 대화하기 싫다는 의사를 명백히 하자 유현애는 물러날 수밖에 없었다.

혼자 남은 용우는 침대에 몸을 눕히자마자 한 가지 중요한 사실을 떠올렸다.

"아, 내 폰. 방에 두고 왔는데."

현대인이라면 누구나 안고 있다는 질병, 휴대폰 중독에 사로잡힌 용우는 할 거 없어서 심심한데 각종 검사 때문에 병실을 떠날 수도 없다는 사실에 격렬하게 괴로워할 수밖에 없었다.

*　　　　*　　　　*

"아우, 짜증 나!"

호텔 방에 돌아온 유현애가 분통을 터뜨리자 이미나가 쓴

웃음을 지었다.

"현애야, 그분, 너 때문에 피해본 사람이거든?"

"알아요! 내 잘못이라는 거. 미안하게 생각하고 있다고요. 고맙기도 하고."

유현애는 신경질 난 강아지처럼 쿠션을 물어뜯으면서 침대 위를 데굴데굴 굴러다녔다.

각성자가 된 후로는 처음이다. 자신에게 빨리 꺼지라는 태도를 보이는 사람은.

"으으, 서른여덟 살이나 먹은 아저씨가 무슨 우리 오빠보다 어리게 생겨서는."

유현애만큼은 아니었지만 배틀 힐러인 용우도 꽤 언론을 탔기에 유현애도 그에 대해서 알고 있었다. 애당초 그렇기에 인사나 할 겸 찾아갔던 것이다.

"…그건 상관없잖아?"

"그래서 더 짜증 난단 말이에요! 마흔 다 되어가는 아저씨가 맞는 말만 툭툭 던져대는데, 우리 오빠 친구한테 빈정거림 들으면서도 한마디도 못 하겠는 그런 기분이라 더 열 받아!"

쿠션을 안고 데굴데굴 굴러다니던 유현애가 침대 끄트머리에서 딱 멈춰 서더니 말했다.

"친해져야겠어."

"뭐?"

"친해져야겠다고요. 언니, 회사에 서포트 좀 해달라고 말해줘요. 그 사람 좋아하는 게 뭔지 알아봐요. 내일 엄청 반성했다는 티가 팍팍 나는 얼굴로 선물이라도 사 들고 가봐야지."

"…도대체 어떤 과정을 거쳐서 그런 결론에 도달한 건지 나한테 설명 좀 해주지 않으런?"

"그야 한 번도 일어난 적이 없는 문제가 그 사람 만나고 터졌잖아요."

"그랬지."

"거기에 그 사람은 왠지 아티팩트에 대해서 아무도 모르는 사실을 알고 있잖아요. 그런데 저한테 그 사실을 말해주기 싫어하니까 친해져서 듣는 수밖에 없잖아요."

"그, 그렇기는 한데……."

"어차피 우리가 찾아갔던 것도 친해지자고 간 거였잖아요. 앞으로 중요한 작전 때 배틀 힐러를 고용해서 써보자는 의미로. 그러니까 어떻게든 최악의 첫인상을 씻어낼 필요가 있다고요."

확실히 반박할 말이 떠오르지 않는 완벽한 논리였다.

"근데 짜증 난다 짜증 난다 노래를 부르더니… 괜찮겠어?"

"물론이죠! 두고 봐요. 어떻게든 공략해 내고 말겠어. 여길 나갈 때쯤에는 오빠 동생 하며 하하 호호 웃는 우리를 볼 수 있을 테니까 기대하라구요."

의지를 활활 불태우는 유현애를 보던 이미나가 말했다.

"의욕이 넘치는 모습 보기 좋아. 자, 그럼 이제 그 의욕을 살려서 훈련 가자."

"네?"

"훈련해야지. 그러려고 온 건데. 헌터 라이센스 시험 전까지 언론에 시달리지 않고 훈련에만 매진하려고 온 거잖아."

그 말대로이긴 하다.

유현애에 대한 언론의 관심은 스캔들 터뜨린 톱스타에 대한 관심 이상으로 뜨거워서 출퇴근할 때마다 기자들에게 시달리다 노이로제에 걸릴 지경이었다.

그래서 팀 반도호랑이 측에서 유현애를 배려하여 외부에 신경 끄고 기초 훈련에만 집중할 수 있는 환경을 확보해 준 것이다.

"……."

그 사실을 잘 알면서도 유현애는 한참 신나게 놀다가 공부하라는 소리 들은 학생처럼 싫은 표정을 지었다.

"아, 언니. 오늘은 그냥 쉬면 안 돼요? 오자마자 큰 트러블도 있어서 컨디션이 꽝이라고요. 내 몸값이 얼만데 혹시 무리해서 훈련하다가 문제라도 생기면 큰일이잖아요."

"현애야, 여기 하루 이용료 500만 원인 거 알고 하는 소리지? 널 위해서 비싼 코스들도 막 신청했는데?"

"……."

유현애는 닥치고 끌려갈 수밖에 없었다.

*   *   *

그리고 다음 날, 훈련 스케줄 때문에 피곤에 절어 있던 유현애는 망연자실해했다.

"그 아저씨, 오늘 체크아웃했다고요?"

유현애가 오전 훈련 스케줄을 소화하는 사이에 용우가 체크아웃하고 떠나 버렸기 때문이다.

"……."

회사의 지원 팀에 부탁해서 사과하면서 건넬 선물까지 준비했는데 다 소용없게 되었다.

이미나가 닭 쫓던 개 꼴이 되어서 멍해져 있는 유현애의 어깨를 툭툭 두들겨 주었다.

"현애야."

"언니……."

"정신 차리고 훈련 가야지. 밥 먹은 지 30분 지났으니까 다시 훈련하러 가자."

"어?"

유현애가 눈을 휘둥그레 떴다.

"잠깐, 지금은 그런 말할 타이밍이 아니잖아요?"

"그건 그거고 훈련은 훈련이야. 너를 위해 이런 코스 저런 코스 다 신청해 놔서 여기 일일 이용료가 500만 원이라니까?"

"언니!"

"자, 가자꾸나. 오전에 3시간 소화했으니까 오후에 3시간만 더 고생하면 돼! 내가 우울해할 겨를도 없이 제대로 굴려줄 게!"

"으아아아아아……!"

각성자가 되기 전에는 운동과 별로 안 친했던 유현애는 하드한 훈련 스케줄에 비명을 지르고 말았다.

*   *   *

그렇게 11월 초가 되었다.

7세대 각성자들을 위해 일정을 앞당긴 헌터 라이센스 시험이 치러지는 시기다.

헌터 업계에 본격적으로 새바람이 불어오기 시작했지만, 이 시험을 통과한 이들도 바로 업계에서 활약하지는 않는다. 통상적으로 그들이 데뷔전을 치르는 것은 연말이 지나고 새해를 맞이한 후였다.

왜냐하면 새로운 각성자가 헌터 팀과 계약해서 헌터가 되고, 실전에 데뷔하기까지는 최소한 3개월의 훈련 기간을 거치기 때문이다.

설령 각성자가 되기 전부터 군사 전문가였다고 해도 마찬가지다. 훈련을 거치지 않고서는 실전에서 전술적으로 각성자로서의 능력을 쓰기 어려웠다.

하지만 7세대 각성자 중에서는 예외 사례가 한 명 있었다.

두두두두두두……!

수송용 헬기에 탄 서용우는 요란한 로터 소리 속에서 휴대폰을 들여다보고 있었다.

"전혀 긴장이 안 되나?"

문득 그에게 누군가 말을 걸어왔다.

헬기 로터 소리가 요란해서 가볍게 말을 걸어오는데도 꽤나 목소리를 높여야 했는데, 그런 귀찮음을 감수하고 굳이 말을 걸어온 것이다.

"딱히 심박수가 오르지는 않는 걸 보니 그런가 본데."

용우는 신체 컨디션을 파악해 주는 헌터용 스마트 워치를 보며 대답했다.

그는 지금 제로가 아니라 7세대 각성자이며 지윤호의 뒤를 잇는 한국의 차세대 배틀 힐러 서용우로서 데뷔전을 치르기 위해 이곳에 있었다.

용우의 심드렁한 대꾸에 말을 걸어온 상대가 눈살을 찌푸렸다.

헌터 업계 역시 한국 사회 아니랄까 봐 선후배 관계를 따져 가면서 서로 서열을 결정짓고 싶어 하는 분위기가 강했다.

하지만 한국에서는 선후배 관계만큼이나 강력한 서열 요소가 있었으니…….

'아오, 새파란 7세대 핏덩이 주제에 나잇살만 많이 처먹은 노땅이라니…….'

바로 나이였다.

현역 헌터로 뛰는 이들은 거의 대부분 한창 때의 젊은이들이다. 경력이 긴 베테랑이라고 해도 용우보다 나이 많은 이를 찾기 어려웠다.

하지만 헬기 안의 헌터들이 용우를 보는 눈길이 곱지 않은 것은 그 이유만은 아니다.

용우는 모든 면에서 업계의 일반적인 관례를 깨는 존재였다.

배틀 힐러라는 이유로 헌터 라이센스 시험을 치르지도 않고 이렇게 실전에 나서는 것부터가 그렇다.

거기에 업계의 전설, 백원태와 친분이 있어서 프리랜서 신분으로 작전에 참가하고 있기까지 하지 않은가?

다들 거친 과정을 안 거친 파격적인 존재다 보니 헌터들의 시선이 곱지 않은 것도 이해가 간다.

'그러거나 말거나.'

용우는 신경도 쓰지 않았다.

민감하게 반응하기에는 너무 하찮은 악의들이었으니까.

그리고 어차피 곧 실전에서 실력으로 납득시키면 그만이다. 자신이 그만한 대우를 받을 만한 사람이라는 것을.

'적당히 잘해봐야지.'

제로라는 가면을 쓰고 있을 때라면 모를까, 배틀 힐러 서용우로서 할 수 있는 일은 명확히 한계가 있다.

용우는 그래서 너무 의욕을 내지 않도록 조심해야겠다는, 참 못된 생각을 품은 채로 데뷔전 아닌 데뷔전에 임했다.

Chapter11

지혜의 빛이 내려와

1

어둠 속, 시공간의 제약을 초월하는 정보 공간에 새카만 표면에 붉은빛을 발하는 기이한 눈 두 개가 달려 있는 가면을 쓴 7명이 모여 있었다.

가면으로 얼굴을 가렸다고는 하나 성별도, 체격도, 인종도 제각각임을 알 수 있는 이들이었다.

그들은 어둠 속에서 서로를 보며 말했다.

"구세록의 기록이 또 한 줄 실현되었다."

구세록(救世錄).

그것은 이들 7명이 따르는 멸망을 막기 위한 지침서였다.

구세록에 대한 7명의 생각은 제각각이었다.

누군가는 그것이 신이 내린 신성한 계시라고 믿었고, 누군가는 이미 멸망한 다른 세계의 누군가가 보내온 멸망을 극복하기 위한 지침서라고 생각했다.

그 진정한 정체가 무엇인지 아는 이는 아무도 없다.

구세록으로 인해서 초월적인 힘을 갖고 지난 15년간 인류를 지켜온 7인조차도.

하지만 분명한 것은, 구세록이라 이름 붙은 정체불명의 구조물이 지구에 등장한 것이 모든 일의 시작이었다는 점이다.

그때부터 지금까지 구세록은 지구를 찾아올 재앙과 그것을 막기 위한 방법을 이들에게 전달해 왔고, 그것은 위대한 예언처럼 미래를 알아맞혀 왔다.

단 하나, 0세대 각성자의 존재를 제외하고는…….

"아티팩트."

"7세대부터 나올지 8세대부터 나올지가 변수였는데 7세대에 나오다니 다행이라고 해야 하나?"

"각성자들의 수준이 높아진 것은 다행이라고 할 수 있겠지."

"하지만 과연 아티팩트의 등장이 빠른 것이 인류에게 득일까? 장담할 수 없는 문제군."

구세록은 기록하고 있었다.

7세대 혹은 8세대 각성자들부터는 몬스터들에 맞서기 위한 새로운 힘, 아티팩트를 갖게 될 것이라고.

"사실은 아티팩트가 아니라 레플리카라고 불러야 할 것 같지만."

하지만 이곳에 모인 7명은 알고 있었다.

7세대 각성자들, 그중에서도 성적 최상위권자 7명이 가져온 7개의 아티팩트가 진품이 아니라는 것을.

이제부터 매 세대마다 똑같이 7개씩 늘어날 레플리카에 불과하다는 것을.

왜냐하면 이들 7인이야말로 구세록과의 계약으로 7성좌의 힘, 그 진품을 손에 넣은 계약자들이었기 때문이다.

"아티팩트가 등장한 이상, 구세록이 기록한 재앙의 다음 장(章)도 찾아올 것이다."

"지혜의 빛이라……."

구세록은 예언하고 있었다.

인류는 아티팩트라는 새로운 무기를 얻겠지만, 그 반동으로 몬스터가 잃었던 지혜의 빛이 해방될 것이라고.

"예언이란 참으로 모호해. 지혜의 빛이 무슨 뜻일까?"

"역시 몬스터 중에 지성체가 등장한다고 봐야 하지 않을까?"

"만약 그렇다면……."

그것이 가장 알기 쉬운 해석일 것이다.

"끔찍한 재앙이 되겠군. 부디 그러지 않기를 바라야겠지."

*   *   *

실전이라는 것은 계획대로 흘러가지 않는 경우가 많다.

그리고 계획을 어그러뜨리는 변수에 대응하는 것이야말로 진짜 실력일 것이다.

[A팀 중상자 발생! H-1, 긴급 지원 바란다!]

[팀장님! C팀 현재 2, 3등급 무리에게 쫓기고 있습니다! 화력 지원 바랍니다!]

게이트 안쪽, 지구 어딘가를 연상시키는 평범한 산악 지형 속에서 무전을 통해서 다급한 목소리가 있었다.

'개판이군!'

앞장서서 전투를 수행하는 것은 A, B, C팀의 역할.

용우가 속한 D팀은 전투가 진행되는 도중에 부상자나 지친 이들과 교체해 주는 교체 대기조였다.

지형 때문에 정찰 정보가 미흡한 상황에서 전투를 수행해 나가던 그들은 예기치 못한 몬스터들의 등장에 우왕좌왕하고 있었다.

'왜 백 사장님이 그런 말을 했는지 알겠어.'

백원태는 용우에게 일감을 따주고는 당부했다.

"만약의 경우에는 그 사람들 안 죽게 잘 돌봐줘요. 용우 씨라면 잘할 수 있을 겁니다."

보통 그런 소리는 베테랑들에게 신입을 맡기면서 하지 않던가?

그런데 왜 신입인 용우에게 그런 소리를 하나 했더니만, 직접 와보니 알겠다.

'평소에는 이 정도는 처리할 수 있는 사람들이겠지. 하지만 피로도가 높아져서 변수에 대응을 제대로 못 하고 있어.'

각성자 튜토리얼이 끝날 때쯤 되면 게이트 발생 빈도가 급격히 올라가고, 그러다가 귀환 게이트 활성화 당일이 되면 끔찍할 정도로 많은 게이트가 쏟아진다.

게다가 각성자들이 귀환한다고 해서 게이트 발생 빈도가 확 낮아지는 것도 아니다. 한 달에 걸쳐서 서서히 하향 곡선을 그린다.

그런 상황이다 보니 이들도 피로도가 절정에 달해 있었다.

집중력이 떨어져서 정찰과 그 데이터 분석도 꼼꼼하지 못했고, 행동에 인내심이 부족했으며, 돌발 상황에 대한 대응이 느렸다.

평소에는 충분히 처리할 수 있는 상황인데도 위기에 몰리고 있는 것이다.

'내가 안 왔으면 어쩔 뻔했나, 이거.'

용우는 일반인 헌터 한 명과 함께 A팀에 합류했다.

"왔군! 여기다!"

팀장이 멀리서 용우를 발견하고 외쳤다.

그때였다.

쉬이이익……!

날개를 펼치면 8미터에 달하는 검은 맹금류의 모습을 한, 그러나 깃털 대신에 비늘이 돋아나고 새빨갛게 타오르는 눈과 뭍짐승처럼 기다랗고 흉흉한 아가리를 가진 2등급 몬스터 어둠약탈자가 강습해 왔다.

"안 돼!"

팀장이 비명처럼 외치는 순간이었다.

―마격탄!

용우가 소총을 갈겼다.

타앙! 타타탕!

어둠약탈자가 스펠 연타를 맞고 비명을 지르며 추락했다.

용우는 추락해서 지면을 미끄러져 오는 어둠약탈자의 거구를 훌쩍 뛰어서 피하고는 등 뒤에서 날이 두꺼운 장검을 뽑아들었다.

파지지직!

마력을 주입하자 장검에서 푸른 스파크가 튀었다.

파악!

용우가 검으로 어둠약탈자의 목을 가르고 지나갔다.

"뭐야, 저거?"

"힐러 아니었어?"

그 광경을 본 A팀원들이 경악했다.

근접 전투계 각성자, 그것도 스페셜리스트라고 불릴 만한 베테랑이나 가능할 법한 움직임이 아닌가?

'스펠을 제한하고 해치우려니 귀찮군.'

스펠을 마음껏 쓸 수 있다면 이 국면을 혼자서 뒤집을 수도 있다. 하지만 배틀 힐러로 위장한 이상 그래서는 안 된다는 사실이 참 답답하다.

용우는 속으로 혀를 차고는 팀장에게 물었다.

"환자는 어딥니까?"

"아, 여, 여기입니다."

팀장은 자기도 모르게 용우에게 존댓말을 쓰고 말았다.

용우는 복부와 왼팔이 피범벅이 되어서 쓰러진 일반인 헌터를 바라보았다. 언제 숨넘어가도 이상하지 않은 중상이었다.

"치료하는 동안 방어 확실히 부탁드립니다."

용우는 그렇게 말하고는 정신을 집중해서 고위 치료 스펠을 발했다.

―리스토어 힐!

"어, 어어억……!"

찢어진 세포조직이 급격하게 원래대로 돌아가고, 부러진 뼈가 다시 맞춰지는 과정은 고통을 동반한다.

환자가 몸을 부들부들 떨며 괴로워했다. 하지만 그만큼 상처가 빠르게 낫고 있었다.

"됐습니다."

배틀 힐러가 없는 상황에서는 중상자를 살릴 수 있는 방법은 출입구 밖으로 퇴각해서 대기 중인 의료 팀에게 가는 것뿐.

용우가 없었다면 이 중상자는 죽음을 피할 수 없었을 것이다.

"완치된 건 아니니까 문 밖으로 퇴각해서 의료반한테 보내요."

"왜 완치시키지 않았습니까?"

팀장의 질문이 용우가 정말 한심하다는 시선을 보내주었다.

"제가 완치되어도 전투 속행이 불가능할 환자 하나 살리는데 마력을 다 쓰고 이탈하길 바라십니까?"

"아."

지금은 아직 전투가 한창 진행 중이다. 언제든 응급 상황에 투입될 수 있는 배틀 힐러의 마력은 귀중한 전투 자원인 것이다.

"배틀 힐러와 일해본 적이 없어서 생각이 미치지 못했군요. 미안합니다."

팀장은 순순히 사과하고는 다시 지시를 내리기 시작했다.

그들의 전투를 보면서 용우는 업계 최정상급 팀들과의 격차를 느꼈다.

'헌터 개개인의 수준도 그렇지만 무엇보다 서포트 수준이 너무 떨어지는군.'

일반인이 듣기에는 뉘앙스가 좋지 않겠지만 헌터 팀에게 게이트 제압은 '사업'이다.

기업 입장에서는 아무리 목숨이 걸린 일이라고 해도, 아니, 목숨이 걸린 일이기에 더더욱 채산성을 따지지 않을 수 없다.

목숨 걸고 싸웠는데 돈은 안 벌린다면 얼마나 허무한 일이겠는가?

정부에서 주는 포상금만으로는 부족하다. 헌터 팀은 헌터들의 높은 몸값부터 시작해서 돈 나갈 구석이 한둘이 아니니까.

그렇기에 그들은 한 전투에 투입하는 예산을 한정적으로

잡는다.

무인 병기들도, 거기에 탑재된 탄약도 한정된 수량만 투입한다.

신형 무인 병기를 아낌없이 투입하기보다는 싸게 구입할 수 있는 구형을 선호하고, 최대한 부서지는 일을 피하면서 소극적으로 운용한다.

이 모든 것이 용우에게는 정말로 보기 답답한 것들이었다.

'앞으로 이런 꼴을 보면서… 무엇보다 약한 척을 하면서 일해야 한단 말이지.'

용우는 왠지 프리랜서 배틀 힐러로 뛰는 자신의 앞날이 암담하게 느껴지기 시작했다.

*　　　　　*　　　　　*

용우가 스스로의 처지를 어떻게 생각하든 그의 입지는 빠르게 상승하기 시작했다.

데뷔전을 치르기 전까지만 해도 용우에 대해서는 미덥지 않아하는 시선이 대다수였다.

일단 실적이 전무한 신인이었고, 특정한 헌터 팀에 소속되지 않은 만큼 제대로 된 훈련을 받지도 못한 인력이다. 미덥지 않을 수밖에 없었다.

하지만 2027년이 끝나고 2028년 새해가 밝았을 때.

배틀 힐러로서 2번의 전투를 훌륭하게 수행한 용우를 원하는 목소리는 전국 각지에서 들려오고 있었다.

"그리고 제로를 원하는 목소리도 말이죠."

정체불명의 헌터, 제로의 명성은 한국 헌터 업계를 진동시키고 있었다.

구 DMZ 전투에서 단독으로 악마숲을 잡은 것을 시작으로……

대전 30미터급 게이트에서 팀 블레이드를 구원하는 놀라운 활약.

그리고 12월에 또 한 번 35미터급 게이트 제압 작전에서 활약하면서 헌터 업계의 핫이슈로 떠올랐다.

당연히 슬슬 언론에서도 냄새를 맡고 그의 정체를 캐내기 시작했다.

그와 함께 전투를 수행한 이들에게 코멘트를 따내는 것을 시작으로 한 장이라도 사진을 확보하기 위한 노력을 기울이고 있었는데……

백원태가 말했다.

"아직까지는 사진 한 장 안 나가게 잘 막았습니다."

언론은 제로의 사진조차 구할 수 없었다.

헌터들의 활동은 군사작전이기에 사전 협약이 없으면 언론의 접근이 금지된다. 거기에 제로가 언제 투입될지 전혀 알 수 없다는 점이 정보 통제를 용이하게 만들었다.

용우가 물었다.

"언제까지 감출 수 있겠습니까?"

"솔직히 모르겠습니다. 대외적으로야 정보 통제가 잘 이루어지고 있지만, 물밑으로는 이미 어디론가 새어나갔을지도 모르지요."

용우의 신분을 7세대 각성자로 위장한 것은 그야말로 시간 끌기다. 0세대 각성자의 비밀은 언젠가 밝혀지고 말 것이다.

일단 비밀을 알고 있는 인원이 수십 명이나 되기 때문에 어디서 정보가 샐지 모른다.

혹은 용우 자신이 그 힘을 드러낼 수밖에 없는 상황이 찾아올지도 모른다.

용우의 존재를 영원히 비밀로 감추고 싶었다면 헌터 업계에 발 들이게 해서는 안 되었다.

제로가 활약할 때마다 소문이 퍼져 나간다. 그럴 수밖에 없는 압도적인 활약상을 보여주니까.

헌터 관리부 상층부에서는 차라리 용우에게 경제적 원조를 제공하면서 존재를 감춰뒀어야 했다는 비난이 있었다.

아니면 힐러 라이센스만을 발행해 주고, 헌터가 아닌 힐러로 일하게 했어야 한다는 소리도 있었다.

'하지만 그러고 싶지 않았다.'

용우는 귀환 시점부터 비상식적인 능력을 보여주었다.

그동안 인류가 구축한 각성자에 대한 상식이 용우에게는 통용되지 않는다.

용우는 그야말로 규격 외의 존재였다.

그저 범람하는 물처럼 덮쳐오는 몬스터라는 재해를 막는 것조차 힘겨워하는 헌터들과는 다른, 그 너머로 나아갈 수 있는 존재.

'그리고 그런 일이 가능하지도 않았겠지.'

용우는 자신을 억압하는 태도에 민감하게 반응했다.

그의 행동을 권력자들의 입맛대로 제한하는 것은 불가능한 일이었다.

강행했다면 끔찍한 참사가 터졌을 것이다. 죽 용우를 지켜봐 온 백원태는 확신할 수 있었다.

'어쩌면······.'

백원태는 서용우 본인을 제외하면 누구보다도 서용우에 대해서 잘 알고 있는 사람이다.

그는 서용우에게 제공하는 각종 편의를 통해서 많은 데이터를 수집해 왔다.

그 데이터는 한 가지, 굉장한 사실을 말해주고 있었다.

용우의 마력이 지구로 귀환한 후로 가파른 성장 곡선을 그리고 있다는 것.

'…지금도 대단한데 이대로 성장을 계속한다면?'

일반적으로 각성자의 잠재력을 판단하는 기준은 두 가지다.

가장 우선시되는 기준은 각성자 튜토리얼에서만 얻을 수 있는 초월적인 힘, 특성과 스펠.

얼마나 쓸모 있는 특성과 스펠을 얼마나 많이 보유하고 있는지가 각성자가 앞으로 얼마나 강해질 수 있을지를 알려준다. 세대를 거듭할수록 각성자들이 강해진다고 이야기하는 근거도 여기에 있었다.

그리고 또 하나는 각성자로서의 피지컬이라고 할 수 있는 마력.

이 또한 세대를 거듭할수록 평균 수준이 오르고 있었다.

하지만 마력은 각성자 튜토리얼에서 결정되는 요소가 아니라 개인의 재능이 큰 비중을 차지한다. 그럼에도 평균 수준이 계속 향상된 것에는 기술적 발전이 기여한 바가 크다.

마력 시술법이 보급되고, 마력 기관을 단련하는 법이 연구되면서 다들 훨씬 빠르고 효율적으로 마력을 늘릴 수 있게 되었으니까.

'하지만 용우 씨는 별격의 존재다. 과연 7세대가 아니라 10세대까지 가더라도 용우 씨 같은 존재가 나올 수 있을지……'

그렇기에 백원태는 기대하고 있었다.

용우야말로 모두가 갈구하는 진실에 손이 닿을 존재인지도 모른다고.

세계가 뒤바뀐 이 모든 비극의 진실에.

2

용우가 헌터 활동을 시작하고 난 뒤로 서우희는 꽤나 스트레스를 받고 있었다.

기자들이 집 주변에 매복했다가 인터뷰를 하자고 달려들어서 무례한 질문을 퍼부어대었고, 그녀가 일하는 병원으로 취재 요청이 들어오기도 했다.

게다가 종종 인터넷 방송인이라는 것들이 그녀의 동의도 구하지 않고 자기들의 방송 콘텐츠로 삼기까지 했으니 스트레스를 받을 수밖에.

이런 사실을 들은 용우는 머리끝까지 화가 올랐다.

콱 죽여 버리고 싶은 살의가 끓어올랐지만, 지구로 돌아온 이상 그럴 수는 없었기에 현실적으로 대응할 수밖에 없었다.

백원태에게 소개받은 대형 로펌을 통해서, 악마 같은 번호

사들의 힘으로 괴롭혀 주는 쪽을 택한 것이다.

'도가 지나쳤던 놈들은 기억해 뒀다가 나중에 진짜 쓴맛을 보여줘야지.'

그렇게 다짐한 용우가 우희에게 물었다.

"우희야, 우리 이사 갈까?"

"왜 갑자기 그런 소리를 하는 거야?"

우희의 반응은 신경질적이었다.

그녀 입장에서는 이곳이 스스로의 힘으로 마련한 보금자리였다. 그런데 최근 스트레스의 원흉인 용우가 이사를 입에 올리니 민감하게 반응할 수밖에.

용우는 조심스럽게 말했다.

"이 아파트가 좋긴 하지만 둘이 살기에는 좀 좁잖아. 너도 드레스룸이 따로 있으면 좋겠다고 했었고……."

우희의 아파트는 20평형에 방 2개짜리였다.

둘이 살기에 딱히 좁진 않지만 그렇다고 공간이 넉넉한 느낌도 아니다.

우희가 생각하는 기색이자 용우가 계속 말했다.

"여기는 세를 주거나 팔고 아예 넓은 집으로 이사를 가자. 기왕이면 보안도 잘되는 곳으로."

"음……."

"주상 복합이나 아니면 정원이 있는 빌라 같은 것도 괜찮을 것 같은데. 네 생각은 어때?"

그렇게 말하던 용우가 문득 한 가지 생각난 바가 있어서 한층 더 조심스러운 말투로 물었다.

"아, 혹시 우희 네가 혹시 결혼 생각하는 사람이 있다면… 그럼 내가 따로 나가 사는 편이 낫겠고."

그 말에 우희가 눈을 동그랗게 뜨고 용우를 바라보더니 웃음을 터뜨렸다.

"오빠도 참. 그런 사람 없어. 나도 혼자보다는 오빠랑 같이 사는 게 좋아. 집에 가족이 있는 느낌이 오랫동안 그리웠거든. 오빠도 금방 바빠져서 생각한 것만큼 많이 얼굴을 보고 살지는 않게 됐지만 오히려 그게 좋은 것 같기도 하고."

"그럼 다행이고. 아니, 다행은 아닌가? 음……."

"하지만 좀 의외네."

"뭐가?"

용우가 의아해하자 우희가 잠시 생각하다가 말했다.

"보통 이런 때는 클리셰가 있잖아."

"클리셰?"

"그 나이 먹고 결혼도 안 하냐고 신경을 긁거나, 여동생이 남자 사귄다고 하면 오빠가 심술을 부린다거나."

"우린 15년 동안이나 떨어져 살았잖아. 우희 너는 훌륭하게 자신의 삶을 살고 있는데 그런 오지랖을 왜 부리냐?"

그렇게 말하던 용우가 왠지 우희의 눈치를 보았다.

우희가 물었다.

"왜?"

"오지랖이라고 하니까 생각난 게 있어서 그러는데……."

"뭔데?"

"화내지 말고 들어줘. 알겠지?"

"화를 내고 안 내고는 말의 내용에 따라서 정해져야 하지 않을까?"

우희가 눈꼬리를 치켜 올리자 용우가 어쩔 수 없다는 듯 말했다.

"그동안 좀 생각을 해봤는데, 우희야. 당분간 생활비는 내가 댈 테니까 지금 직장을 그만두고……."

"뭐어?"

우희가 신경질적으로 대꾸했다.

"아니, 무슨 말도 안 되는 소리를 하는 거야? 직장을 그만두라니. 오빠 때문에 주변이 시끄러우니까 나는 직장에도 나가지 말고 닥치고 집 안에 처박혀 있으라, 이거야?"

"잠깐! 잠깐만! 내 이야기 좀 끝까지 들어줘. 부탁이다."

용우가 간절하게 말하자 발끈했던 우희가 입을 다물었다. 어디 한번 말해보라는 투였다.

"오해하지 마. 그런 이유로 직장을 그만뒀으면 하고 바란 게 아냐."

"그럼?"

"네가 의대 입시 준비에 전념했으면 해서 그랬던 거야."

"……."

우희가 흠칫했다.

한참 동안 말이 없던 그녀가 물었다.

"…어떻게 알았어? 나 없을 때 내 방에 들어가 본 거야?"

"그건 절대 아냐."

우희는 용우와 함께 살면서 몇 가지 룰을 정했는데 그중 하나가 절대로 서로의 방에 들어가지 않는 것이었다.

그렇기에 용우는 재빨리 고개를 저었다.

"저번에 거실에 책 놔뒀더라. 의학서면 그러려니 했을 텐데… 수능 참고서였거든."

"딱 한 번 깜빡했던 건데… 그때 그걸 본 거야?"

"그거 보니까 감이 오더라고. 닥터 힐러가 되고 싶은 거지?"

우희는 병원에서 힐러로 일하면서 종종 게이트 제압 작전을 펼치는 헌터 팀에 의료 지원을 나간다. 위급한 환자를 응급처치해서 살리고, 의사의 지시에 따라서 수술 보조를 하는 것이 그녀의 역할이다.

그것만으로도 그녀는 2027년 연 수익이 10억 원을 넘긴 고소득자였다.

하지만 경력이 쌓일수록 우희는 그것만으로는 만족할 수 없게 되었다.

의대에 들어가서 전문적인 의학 지식을 쌓고, 정식 의사가 되고 싶었다.

일반적으로 닥터 힐러로 불리는 그 존재는 우희 같은 일반 힐러보다 훨씬 높은 대우를 받는다. 하지만 우희가 닥터 힐러가 되고 싶어 하는 이유는 대우 때문만은 아니었다.

"…가끔 무력함을 느낄 때가 있었어. 예를 들면 응급 환자가 오면 내가 할 수 있는 일은 어디까지나 숨을 붙여놓는 것뿐이거든."

아무리 기적 같은 치료 능력을 가졌어도 그녀는 도구일 뿐이었다. 전문적인 의료 지식을 가진 의사가 휘두르는 뛰어난 도구.

그래서 일하는 짬짬이 공부를 게을리하지 않았다. 각성자로서의 능력만 믿고 거만을 떨기에는 병원에서 우희가 마주하는 현실은 항상 무겁고 참혹했으니까.

그런 노력은 직장에서도 인정을 받았다. 다들 우희가 힐러라는 이유로 비위를 맞추는 것만이 아니라 믿음직한 동료로 인정해 주었다.

"물론 이제는 그런 무력감에서도 벗어날 수 있겠지."

용우 덕분에 우희는 힐러로서 보다 뛰어난 존재가 되었다.

더 이상 응급 환자를 두고 고민할 필요가 없다. 복원 특성을 손에 넣은 이상 그녀는 의학적 진단을 신경 쓰지 않고 누구든 치료할 수 있었다.

병원에서 그녀의 위상은 수직 상승 중이었다. 수입 또한 그렇게 될 것이다.

"하지만 그래도… 욕심이 생겨. 공부를 하면 할수록, 경험이 쌓이면 쌓일수록 욕심이 생기더라."

닥터 힐러가 되어서 자신의 능력을 정말 제대로 써보고 싶다.

의료의 길은 넓고도 깊다.

그녀가 힐러로서 한층 뛰어난 존재가 되었다고 해서 그걸로 모든 문제를 해결할 수 있는 것은 아니다.

응급 환자를 치료하는 데 있어서는 누구보다도 뛰어난 존재가 될 수 있겠지만, 그뿐이다.

이 능력과 전문적인 의료 지식이 더해지면 장애를 가진 사람도 치료하고, 불치병에 걸려 절망하는 사람조차도 구할 수 있을 것이다.

"원래는 내년쯤에 본격적으로 준비하려고 했어."

입시를 위해서는 직장을 그만두고 공부에 전념해야 했다.

만약 한 번에 의대 입학에 성공한다 하더라도 정식으로 의사가 되기까지는 긴 시간이 걸린다.

그녀가 각성자, 특히 힐러이기 때문에 의대에 들어가기는 유리하다. 힐러를 우대하는 특별 전형도 있고, 입학할 경우 학비는 전액 국가 지원금으로 해결된다.

하지만 사람이 살다 보면 무슨 일로 돈이 필요하게 될지 모른다. 어려운 시절을 경험한 우희는 마음이 놓일 정도로 충분한 돈을 모아두고 나서야 의대 입시를 시작할 생각이었다.

"그런데 참, 15년 만에 나타난 오빠가 반년도 안 되어서 갑자기 내 인생 계획을 앞당겨 준다고 하니… 굉장히 마음이 복잡하네. 좋아해야 할 일인데, 마냥 좋지만은 않아."

불과 4개월 전까지만 해도 우희는 혼자 살아왔다.

가족을 모두 잃었기에 어려운 상황에도 지탱해 주는 사람 없이 이를 악물고 악착같이 살아온 것이다.

그런데 이제 와서 가족이 손을 내밀어서 도와주겠다고 하니 굉장히 낯설고, 거부감마저 들었다.

무엇보다 마음에 걸리는 점은 용우가 그 돈을 어떻게 벌었는가 하는 부분이었다.

"오빠가 목숨 걸고 번 돈이잖아. 그걸 덥석 받는 건 좀 아닌 것 같아."

헌터 일은 목숨이 걸린 일이다.

용우가 아무리 유능한 헌터라도 몬스터와의 전투가 목숨을 잃을 수 있는 위험한 일이라는 사실이 변하지는 않는다.

용우가 고개를 저었다.

"그건 아냐. 그런 돈이니까 더… 너를 위해 쓸 수 있었으면 좋겠다. 그것보다 의미 있게 쓰는 법은 없어."

진심이었다.

용우는 이미 돈이 아쉽지 않다. 지구로 돌아온 후로 물질적인 측면에서는 너무 빠르게 풍족해져 버렸다.

지금의 용우에게 있어서 돈이란 그저 필요를 충족시켜 주는 수단이다. 편의를 위해, 욕망을 위해 돈을 쓰고 있을 뿐 그 이상의 의미를 위해서 돈을 쓰지 않는다.

쉽사리 입을 열지 못하는 여동생을 가만히 바라보던 용우가 말했다.

"투자금 회수한다고 생각해."

"뭐?"

"내가 돌아와서 아무것도 아닐 때, 너는 기꺼이 마력 시술하라고 3천만 원을 투자해 줬잖아. 그 빚 받는다고 생각하라고."

"…그거랑 이거랑 같아?"

"같지. 네가 돈을 잘 번다고 해도 3천만 원이 절대 적은 돈은 아니었잖아. 그런데 그때 너는 나한테 나중에 갚으라는 소리조차 안 했어."

그랬었다.

우희는 애당초 용우에게 나중에 다시 받겠다는 생각으로 그 돈을 대신 내준 게 아니었으니까.

"원래 형편 어려울 때 투자한 돈은, 잘되면 몇백 배의 이익으로 돌아올 수도 있는 거잖아. 투자 잘해서 대박 났다고 생각해라."

"풋."

차분하게 설득하는 용우의 말에 우희가 웃음을 터뜨렸다.

"오빠도 참, 이런 때 그런 말을 하는 게 어울린다고 생각해?"

"…아, 안 어울리나?"

"어휴, 가족한테 투자금이니 이익이니 하는 소리를 하다니 무슨 생각으로 그러는 거야? 하여튼."

용우에게 핀잔을 준 우희가 미소를 지었다.

"어쨌든 오빠의 마음은 알겠어. 고맙게 받을게."

"우희야."

"그리고 이사도 가자. 집은 내가 골라도 된다고 했지?"

"물론이지."

"관리가 귀찮으니까 개인 주택이나 너무 넓은 집은 좀 그렇고, 조용하고 깨끗한 동네를 찾아보자."

그렇게 남매가 이사를 결정짓고 집을 알아보기 시작한 지 며칠이 지났을 때…….

용우는 헌터 관리부 2팀장 김은혜로부터 긴급한 전화를 받았다.

3

헌터 업계에 있어서 2028년 1월은 특별한 시즌이었다.

7세대 각성자들이 훈련을 마치고 실전에 투입되는 시기였기 때문이다.

특히 가장 주목받는 것은 7세대에서 가장 주목받는 헌터, 한국 유일의 아티팩트 보유자 유현애 역시 1월 말에 첫 실전에 투입된다는 점이었다.

그녀의 데뷔전은, 그녀가 속한 팀 반도호랑이 1부대의 역량을 생각하면 꽤나 안전권으로 잡혔다.

이는 딱히 유현애에게만 베풀어지는 특혜는 아니었다.

부대 운용에 여유가 있는 팀들은 신인들이 들어오면 적응 기간을 주기 위해 안전한 임무를 노리는 것이 관례였기 때문이다.

"…그런데 왜 내가 불려가게 된 거지?"

헬멧과 음성 변조기로 정체를 감춘 용우가 물었다.

그러자 수송용 헬기로 그를 데리러 온 김은혜가 상황을 브리핑했다.

"유현애가 투입된 것은 강남의 20미터급이었어요. 팀 반도호랑이의 1부대 수준을 생각하면 완전 거저먹기죠."

20미터급은 팀 반도호랑이의 1부대가 공략 대상으로 삼는 게이트의 최저 라인이었다. 어지간해서는 다른 헌터 팀에게 양보하는 전장이라고 할 수 있다.

"그런데 전혀 예상치 못한 사고가 터졌어요. 당연하지만 정보 통제 중이라 언론에는 나가지 않았죠."

김은혜가 태블릿에 브리핑 자료를 띄워서 보여주었다.

"몬스터가 전술적인 행동을 한다?"

"네. 읽어보면 알겠지만 명백히 지휘관으로 보이는 개체도 있었다고 해요."

"이제까지 한 번도 없던 사례인 거지?"

"적어도 한국에서는 발견된 적이 없어요. 전 세계적으로도, 우리가 입수한 정보 중에서는 없었죠."

"놀랍군……."

용우가 어비스에서 겪어본 적이 없는 미지의 적이 등장한 것이다.

용우의 반응을 본 김은혜가 슬쩍 물어보았다.

"어비스에도 그런 개체는 없었나요?"

이때를 틈타 정보를 하나라도 빼먹어보겠다는 그녀의 수작이 빤히 보였지만, 용우는 상황의 중요성을 생각해서 그냥 넘어가주기로 했다.

"없었지. 정확히는 있었지만 없었다고 해야 할까?"

"무슨 뜻이에요? 선문답하자는 거 아니죠?"

"그런 의미는 아니야. 어비스에 언데드와 타락체라는 게 있었어."

"그게 뭔데요?"

"언데드는 게임에 종종 나오지? 그거랑 비슷해. 스켈레톤이라거나 데스 나이트라거나, 뭐 그런 것들 있잖아."

"…죽은 인간이 몬스터가 된다고요?"

"그래. 생명체는 아니지만 어차피 몬스터라는 명칭 자체가 딱히 그것들을 생물학의 카테고리에 넣기 위해서 지어진 건 아닐 테니 상관없겠지."

"……."

"장난치는 거 아니니까 진지하게 들어둬. 참고로 타락체도 비슷하지. 이건 특별한 타입의 몬스터에게 오염당해서 인간성을 잃고, 하지만 인간의 지식과 지성을 지닌 이질적인 존재가 되어버리는 거야. 둘 다 최악의 적이지."

"그게 지구에서도 일어날 수 있는 일이라는 건가요?"

"장담은 못 하겠군. 하지만 내가 어비스에서 싸웠던 괴물들과 지구의 몬스터들은 아무리 봐도 동일한 존재야. 그렇다면 언데드나 타락체도 발생할 수 있지 않을까?"

그렇게 말한 용우가 태블릿으로 시선을 던지며 말했다.

"하지만 그건 지금 중요한 문제는 아니겠지. 요는 이 늑대 인간과 오우거가 다른 개체들과는 다르다는 거군."

늑대 인간은 전설 속의 늑대 인간을 구현한 듯한 실루엣을 지녔으며, 흰자위고 동공이고 없이 한없이 새카만 눈을 가진 흉포한 존재다.

오우거는 키가 4미터에 달하는 배불뚝이 거인형 괴물로, 불곰조차도 들고 찢어버릴 정도의 압도적인 근력에 몽둥이를 휘두르거나 투석 등의 도구 활용이 가능하다.

이 둘은 3등급 몬스터였다.

그러나 팀 반도호랑이가 진입한 20미터급 게이트의 코어 몬스터로 보이는 2개체는 등급 한계를 뛰어넘었다.

헌터 관리부에서는 다른 개체들과 둘을 구분하기 위해 우두머리 늑대 인간과 오우거 로드라는 임시 명칭을 붙였다.

"둘 다 4등급 수준의 코어 에너지 반응인가. 아무리 전술적인 움직임을 보이더라도 이것만이라면 30미터 이상급까지 처리하던 팀에서 긴급 지원 요청까지 날아올 건수는 아닌 것 같은데, 또 내가 알아둬야 할 문제가 뭐가 있지?"

"일단 게이트 안쪽에서 가장 고등급 개체가 이 둘이 아니라는 거죠."

"뭐? 코어 몬스터라면서?"

"네. 그런데 가장 고등급 개체는 4등급 블랙 드레이크예요. 물론 저 둘도 4등급 수준이기는 하지만 정찰 당시에는 그 사실을 알지 못했죠. 그래서 블랙 드레이크를 코어 몬스터로 오인했고, 그게 지금 같은 상황이 된 이유 중에 하나였다는군요. 그리고 코어 몬스터 둘은… 동급 몬스터를 상대하는 것과는 완전히 다르다고 해요."

"음?"

"4등급 몬스터의 마력은, 출력만 봐도 전 세계 최고 기록인 페이즈12와 대등한 수준이에요."

인간이 허용된 한계치까지 마력을 높인다고 하더라도, 고등급 몬스터에는 결코 미치지 못하는 것이다.

그럼에도 인간은 몬스터를 사냥한다.

인간에게는 단순한 마력 수치만으로 환산할 수 없는, 전투 능력을 향상해 주는 요소들이 있기 때문이다.

고효율로, 뛰어난 형식으로 사용할 수 있게 해주는 스펠.

그리고 그 모든 것의 활용성을 극대화시켜 주는 장비와 전술 서포트 시스템.

"그런데 이 코어 몬스터들은 스펠을 썼어요."

"스펠을? 정말인가?"

용우는 경악을 감추지 못했다.

3등급 몬스터들이 지성을 갖춘 데다 스펠까지 쓴다니?

그런 경우는 어비스에서도 없었다.

'하! 지구도 만만치 않은데?'

그런 그에게 김은혜가 조심스럽게 말했다.

"그래서 상부에서는 당신에게 한 가지 의뢰를 추가하고 싶어 해요."

"무슨 의뢰지?"

"그건……."

김은혜가 말한 의뢰 내용은, 용우가 헬멧 속에서 눈살을 찌푸리게 만들었다.

*   *   *

'위험해……'

팀 반도호랑이 1부대의 근접 전투원 분대장 이미나는 위기감이 뒤통수를 두들겨 대는 것을 느꼈다.

상황은 심각했다.

몬스터들은 마치 인간에 대해서 잘 아는 것처럼 움직였다.

4등급 블랙 드레이크를 코어 몬스터로 오인했을 때, 마치 그 착각을 적극적으로 이용한 것이다.

헌터들이 블랙 드레이크를 공략하기 전, 주변을 청소하기 위해 유인 작전을 펼치자 거기에 넘어가는 척 하다가 매복 기습을 해왔다.

이것은 헌터들의 뒤통수를 망치로 후려갈기는 것과 다름없었다.

이 상황에서 근접 전투원들이 어떻게든 전열을 가다듬을 여유를 확보하려고 나섰을 때, 그들은 한 번 더 의표를 찔리고 말았다.

지금까지 오로지 인간에게만 허용된 무기임을 당연하게 여겼던 것.

스펠.

몬스터들이 그 힘을 써서 그들을 공격해 온 것이다.

당연히 맨손인 줄 알았던 상대가 갑자기 총을 꺼내서 쏜 것이나 다름없는 상황이다. 헌터들은 큰 타격을 입고 말았다.

놀라운 일은 거기서 그치지 않았다. 지휘관 노릇을 하는 우두머리 늑대 인간과 오우거 로드는 유기적으로 연계까지 하고 있었다.

인간은 뜻을 알아들을 수 없는, 하지만 자기들끼리는 먼 곳에서도 서로 소통 가능한 울부짖음으로 동시다발적인 타격을 가해온 것이다.

이 모든 것은 전술이라기에는 실로 조잡하고, 원시적인 수준이었다.

그러나 몬스터가 지성이 없는, 야수와 같은 존재임을 당연시하는 인간들에게는 그야말로 의표를 지른 치명타였다.

'고작 20미터급에서 이 지경까지 몰리다니……'

팀 반도호랑이 1부대에게 있어서 20미터급 게이트는 공략 대상 중에서도 최하급이다. 그들은 35미터급까지도 희생 없이 공략해 낸 전적이 있고, 앞으로 40미터급 이상 공략을 목표로 하고 있었으니까.

그런데 그런 그들이 20미터급에서 5명의 전사자를 냈다. 그 중에 각성자 헌터가 3명이나 되었다.

크르르르……

의문에 매달리는 것 자체보다는 의식을 유지하기 위한 수단으로 이어가던 이미나의 생각이 끊겼다.

전방과 양옆을 포위하듯이 3마리의 늑대 인간들이 나타났기 때문이다.

"큭……"

그녀를 부축하고 있던 유현애가 신음했다.

"현애야……"

"언니, 잠깐만 쉬고 있어요."

유현애는 도망가라는 말을 하려던 이미나의 말을 잘라 버리고는 전투태세를 갖추었다.

"이제 코어 몬스터 하나만 쓰러뜨리면 되잖아요. 얼마 안 남았어요."

팀 반도호랑이 1부대는 의표를 찔려서 전열이 붕괴하는 상황 속에서도 그냥 당하고 있지만은 않았다.

부대장과 이미나가 난전을 뚫고 접근해서 4등급 블랙 드레이크의 목을 베었고, 팀의 최고 베테랑들이 즉석에서 임시 분대 구성을 하면서 오우거 로드를 한쪽으로 유인해 감으로써 다른 부대원들이 그 공백 지대로 도망칠 기회를 제공했다.

4등급 블랙 드레이크를 몬스터를 격파하는 과정에서 부상을 입은 이미나는 하마터면 그 자리에서 죽을 뻔했다. 하지만 저격수 포지션을 포기하고 달려온 유현애 덕분에 목숨을 건지고 여기까지 도주를 계속하고 있었다.

그리고 조금 전, 오우거 로드를 유인해 간 임시 분대가 사냥에 성공했음을 알렸다.

이제 남은 것은 우두머리 늑대 인간과 잔챙이들뿐이다.

유현애와 이미나가 도망치면서 버티다 보면 분명 전투 가능한 인원들이 집결해서 구하러 올 것이다.

'도와줘, 불꽃의 활.'

유현애의 손에 들린 것은 모두가 첨단 장비로 무장한 상황에서는 너무나 이질적으로 보이는 무기였다. 특별한 도료로 칠한 것처럼 새빨간 광택을 흘리는 대궁(大弓)이다.

크르릉!

그런 그녀에게 늑대 인간 3마리가 일제히 달려들었다.

이미나를 지키면서 싸우는 입장에서는 도저히 손쓸 도리가 없어 보이는 동시 공격이다.

그러나.

─마인드 부스트!

순간 그녀의 눈에 보이는 풍경이 느려지기 시작했다.

정신이 체감하는 시간 감각이 가속하면서 적들의 움직임이 하품 날 정도로 느릿느릿하게 보인다.

서로의 시간이 어긋나 버린 것 같은 그 감각 속에서 그녀가 뒤쪽으로 몸을 던졌다.

─염동산탄(念動散彈)!

활시위를 잡아당기자 거기에 불꽃이 맺히면서 화살의 형상을 그려내었다.

그리고 발사!

화아아아악!

쏘아지는 순간, 화살이 10개로 쪼개지면서 전방을 부채꼴로 강타했다.

그리고 날아간 산탄이 폭발하면서 발생한 불꽃이 흩어지기도 전에, 유현애는 다시금 활시위를 당기고 있었다.

─마격탄(魔擊彈)!

화아아악!

마격탄 일격으로 늑대 인간의 어깨가 뜯겨 나갔다.

훌륭한 전과였지만 유현애는 낭패한 표정을 지으며 다른 스펠을 썼다.

—염동충격탄(念動衝激彈)!

콰아아아아!

대용량 증폭 탄두조차 따라올 수 없는 막대한 증폭치에 화염 속성까지 더해진 일격이 공간을 관통했다.

3등급 몬스터가 단 일격으로 죽어버렸다.

"헉, 헉⋯⋯."

유현애의 화력은 압도적이다. 마력 기관은 아직 페이즈5에 불과함에도 단순 화력 면에서는 부대의 다른 저격수들을 크게 능가하는 수준이었다.

하지만 안심할 수는 없었다.

한 마리를 처치하는 동안 범위 타격에 맞고 날아갔던 늑대 인간들이 양옆을 포위하고 있었다.

'언니를 노릴 정신은 없어 보여서 다행이지만!'

유현애는 이를 악물었다.

그런 그녀의 앞에서 늑대 인간들이 동시에 달려들었다.

유현애는 범위 타격으로 전방을 튕겨내면서 옆으로 빠져나가려고 했다.

쉭!

그런데 앞에서 달려들던 늑대 인간이 돌멩이를 투척하는

게 아닌가?

유현애가 그것을 피하느라 자세가 흐트러진 사이 접근해 온 늑대 인간이 기다란 팔을 휘둘렀다.

파지지직!

허공에 물결 같은 파문이 퍼져 나가면서 늑대인간의 공격이 막혔다.

유현애가 전개한 허공장이다. 그녀는 체외 허공장 보유자였던 것이다.

'아.'

하지만 그것도 잠시뿐이었다.

아직 훈련도, 실전경험이 부족한 그녀는 격렬한 전투 상황에서 허공장을 길게 컨트롤하지 못했다.

허공장이 수축되자 늑대인간이 기다린 팔로 공격해 왔다.

파각!

유현애는 불꽃의 활로 그것을 막았다. 하지만 체중 차가 워낙 커서 그 일격으로 몸이 허공에 내던져지듯 붕 떠올라 버렸다.

파악!

뒤에서 접근하던 늑대 인간이 도약해서 그녀를 후려갈겼다. 튕겨 날아간 그녀의 몸이 나무에 처박혔다.

"……!"

비명도 지를 수 없을 만큼 아팠다.

'아, 안 돼…….'

아티팩트의 성능은 현존하는 그 어떤 헌터 장비도 따라올 수 없다.

하지만 유현애의 불꽃의 활에는 큰 문제가 하나 있었다.

바로 활이라는 점이다.

물론 불꽃의 활은 화살을 갖고 다니다가 일일이 하나씩 꺼내서 시위에 걸어줄 필요가 없다는 점에서는 굉장한 편의성을 가졌다. 그래도 활이라는 본질이 변하지 않는다.

총에 비해 활은 숙련되는 데 꽤 오랜 시간이 걸리는 무기다. 그리고 유현애는 각성자 튜토리얼에 소환되기 전까지는 활쏘기를 배우기는커녕 활을 잡아본 적도 없었다.

3개월간 집중 훈련을 받기는 했지만 아직도 그녀는 활쏘기가 서툴렀다. 특히 역동적인 상황에서 빠르게 조준하고 쏘는 능력은 형편없었다.

"현애야!"

이미나가 다급하게 외치며 달려왔다.

조금 전까지만 해도 유현애에게 부축을 받아야 했던 그녀가 벼락처럼 움직인다. 통증을 잊고 신체 능력을 활성화하는 각성제를 투입했기 때문이다.

각성제 투입은 후유증이 크지만 지금은 그걸 따지고 있을 때가 아니었다.

"이야아아아아!"

이미나가 소총을 난사해서 늑대 인간들의 주의를 끌었다.

그리고 탄창이 비어버리는 순간 주저 없이 소총을 내던지고 뛰어들어서 발차기를 날렸다.

빠악!

허벅지를 강타당한 늑대 인간이 휘청거리는 순간, 이미나가 시퍼런 눈빛으로 도약해서 어퍼컷을 날렸다. 그리고 물 흐르듯이 팔꿈치로 목을 찍고, 그대로 몸을 회전시키며 혼신의 스트레이트를 날린다.

―라이트닝 블로!

폭음이 울리며 늑대 인간이 나가떨어졌다.

반동으로 튕겨 나간 이미나가 낙법을 치면서 일어났다. 하지만 일어나자마자 눈앞이 핑 돈다.

"으윽, 고작 이 정도로⋯⋯."

그녀는 이미 중상이다. 그런 상황에서 마력을 끌어 올리면서 불곰도 일격에 죽여 버릴 공격을 날렸으니 반동이 심각할 수밖에 없었다.

크아아아아!

이미나에게 맞은 늑대 인간이 울부짖으면서 일어났다.

"제기랄, 3등급 주제에 더럽게 터프하네⋯⋯."

이미나가 허탈하게 웃으며 투덜거렸다.

그녀는 팀 반도호랑이에서 근접 전투원으로서는 세 손가락 안에 들어간다. 컨디션이 정상이었다면 늑대 인간 3마리 정도는 맨손으로도 몰살시킬 수 있었다.

그러나 중상을 입은 상태에서 날린 일격은 타점도 정확하지 않았고, 위력도 절반 미만이었다. 그래서는 3등급 몬스터의 목숨을 취할 수 없다.

"어디 끝까지 해보자 그래."

이미나는 허리춤에 꽂힌 나이프를 꺼내 들었다. 마력을 주입하자 마력 반응 코팅이 된 나이프 칼날에서 푸른 스파크가 튀었다.

그런데 그때였다.

─용참격(龍斬擊)!

측면에서 다섯 줄기의 에너지 칼날이 날아들었다.

이미나는 기겁해서 몸을 틀었다.

놀라운 반응속도가 그녀의 목숨을 구했지만, 팔과 허벅지를 깊숙이 베이는 것은 피할 수 없었다.

"아악!"

그녀는 비명을 지르며 나가떨어졌다.

크르르르……

늑대의 울음소리가 마치 비웃는 듯한 울림을 담고 들려왔다.

그리고 나무 사이에서 거대한 늑대 인간이 모습을 드러내었다.

회색 털에 이족 보행을 한다는 점에서는 다른 늑대 인간과 같았지만 덩치가 월등히 크다. 키만 해도 3미터 50센티를 넘는 데다 비정상적으로 근육이 두껍다.

"우두머리 늑대 인간⋯⋯."

어슬렁거리며 걸어오던 우두머리 늑대 인간이 땅을 박찼다.

그리고 옆으로 굴러서 빠져나가려던 이미나의 몸통에 발차기가 꽂혔다.

"커어⋯⋯!"

장난감처럼 튕겨 날아가는 이미나를 우두머리 늑대 인간이 비웃듯이 내려다본다.

순간 이미나의 마음속에서 죽음의 공포가 솟구쳤다.

'끄, 끝인가?'

그녀가 절망하는 순간이었다.

투학!

갑자기 뭔가가 후려치는 소리가 울리면서 우두머리 늑대 인간의 다리가 푹 꺾였다.

—라이트닝 블로!

꽈아아아아앙!

뒤이어 귀가 먹먹해지는 폭음이 울려 퍼지며 우두머리 늑대 인간이 나가떨어졌다.

그리고 그 너머에는 새카만 헌터용 배틀 슈트를 입은 남자가 주먹을 날린 자세로 서 있었다.

"여기는 제로."

그가 손을 헬멧에다 대어 통신기를 작동시키며 말했다.

"아티팩트 보유자 유현애, 그리고 코드 A—1 발견. 둘 다 중상이지만 살아 있다. 그리고……."

크아아아아!

몇 미터나 나가떨어졌던 우두머리 늑대 인간이 일어나서 포효하는 가운데, 그는 조금도 동요하지 않는 담담한 어조로 말을 이었다.

"코어 몬스터, 우두머리 늑대 인간과의 전투를 개시한다."

4

전투를 선언한 용우는 가장 긴급한 일부터 처리했다.

—리모트 힐!

용우의 머리에 후광이 일며 원격 치료 스펠이 유현애와 이미나에게 적용되었다.

'어?'

유현애는 몸 상태가 갑자기 호전되는 것을 느끼며 고개를 들었다.

이미나가 물었다.

"당신은……?"

"제로."

헬멧 안쪽에서 부자연스러울 정도로 굵은 목소리가 흘러나왔다.

"당신들을 지원하러 왔습니다."

"혼자 온 겁니까?"

"그렇습니다."

"……"

순간 유현애는 어이가 없었다.

그러나 이미나의 반응은 달랐다. 베테랑 헌터인 그녀는 업계에 도는 제로의 소문을 많이 들었기 때문이다.

그 소문의 절반만 사실이라고 해도 이 상황은 더 이상 걱정할 필요가 없으리라.

"현애야, 이리로 와."

"주변의 몬스터들이 추가로 몰려들 수도 있습니다. 경계하십시오."

용우가 그렇게 말할 때, 살기등등해 있던 우두머리 늑대 인간이 스펠을 발했다.

─용참격(龍斬擊)!

날카로운 다섯 줄기 에너지 칼날이 용우를 노리고 날아들었다.

그리고 그 위로 3미터 50센티를 넘는 우두머리 늑대 인간의 거구가 놀랍도록 민첩하게 옆으로 뛰었다가, 다시 몸을 꺾어서 삼각형 궤도를 그리면서 용우에게 돌진해 왔다.

'어?'

유현애는 다음 순간 눈앞에서 벌어진 상황에 경악했다.

'허공장?'

푸른빛으로 가시화된 허공장이 비스듬한 형태로 펼쳐지면서 다섯 줄기 에너지 칼날을 비껴내 버리는 게 아닌가?

'저렇게도 쓸 수 있구나.'

미숙한 자신과는 전혀 다른 허공장 운용에 유현애가 감탄할 때였다.

파지직…….

그녀의 손에 들린 불꽃의 활이 진동하면서 마력 기관을 자극했다.

'이 느낌은… 설마 그때 그?'

놀라는 그녀 앞에서 용우와 우두머리 늑대 인간이 격돌했다.

용우는 덮쳐오는 우두머리 늑대 인간을 가볍게 피하고는 측면에서 발차기를 날렸다.

투학!

스펠이 실린 발차기가 폭탄이 터진 것 같은 소리를 내면서 작렬, 우두머리 늑대 인간의 움직임을 막았다.

—에어 바운드!

이어 공기가 폭발하면서 우두머리 늑대 인간의 거구가 몇 미터나 튕겨 나갔다.

동시에 용우의 손에 마술처럼 소총 한 자루가 나타났다.

—염동충격탄(念動衝激彈)!

푸른 섬광이 마하2의 속도로 공간을 꿰뚫었다.

그 공격의 타깃은 우두머리 늑대 인간이 아니었다.

주변에 있던 두 마리의 늑대 인간 중 하나였다.

아직 부상이 없던 늑대 인간이 단 일격으로 머리통이 날아가 버렸다.

크르르릉! 카릉!

그 광경을 본 우두머리 늑대 인간이 격노했다. 용우가 자신을 무시하는 것처럼 보였기 때문이었을까?

이미나에게 부상을 입은 늑대 인간과 우두머리 늑대 인간이 용우의 좌우를 점하고 달려든다.

"멍청하긴."

그들이 앞뒤에서 접근해 오는 순간, 용우의 모습이 꺼지듯이 사라졌다.

직후 늑대 인간의 뒤쪽에서 나타난 용우가 소총의 방아쇠를 당겼다.

―염동충격탄(念動衝激彈)!

그 일격이 늑대 인간의 머리통을 뒤통수에서부터 꿰뚫어서 날려 버렸다.

하지만 위로 날리는 각도였기 때문에 우두머리 늑대 인간에게는 미치지 않았다. 우두머리 늑대 인간은 그 기회를 놓치지 않겠다는 듯, 머리 잃은 부하의 시체까지 한꺼번에 베어버리기 위해 스펠을 발했다.

―용참격(龍斬擊)!

하지만 소용없다.

용우는 다시금 공간을 뛰어넘어서 우두머리 늑대 인간의 뒤를 점했기 때문이다.

파지지직!

우두머리 늑대 인간의 등에서 강렬한 스파크가 발생했다.

용우와 우두머리 늑대 인간, 둘의 허공장이 서로 다른 파문을 그리면서 충돌했고 그 결과 마력 기관이 찌릿찌릿할 정도로 강렬한 마력 파동이 주변을 강타했다.

"하하하."

그리고 용우의 웃음소리가 울려 퍼지는 순간, 유현애와 이미나는 등골이 오싹해지는 광경을 보게 되었다.

용우의 손이 우두머리 늑대 인간의 허공장이 존재하지 않는 것처럼 통과해서 오른 손목을 붙잡은 것이다.

"지성이 있고, 스펠도 쓴다. 하지만 거기까지로군. 허공장 잠식에 저항조차 못 해."

퍼어엉!

알아들을 수 없는 중얼거림과 함께 폭음이 울려 퍼졌다.

카아아아아!

그리고 우두머리 늑대 인간의 비명이 울려 퍼졌다.

용우가 붙잡았던 지점에서 폭발이 일어나면서 우두머리 늑대 인간의 오른 손목을 끊어버렸기 때문이다.

우두머리 늑대 인간에게 용우가 명백히 조롱하는 투로 말했다.

"다른 스펠이 있으면 어디 한번 꺼내보시지? 할 수 있으면 최대한 많은 데이터를 수집해 달라는 의뢰를 받아서 일단 노력은 해야 하거든?"

키에에에에!

우두머리 늑대 인간이 허우적거리며 뒤로 물러났다.

그리고 한 걸음 거리가 벌어지는 순간 냅다 발차기를 날렸다.

―용참격(龍斬擊)!

발톱으로 용참격을 발하면서!

"발로도 쓸 수 있었군. 하지만 그게 다인가?"

그러나 용우는 이번에도 허공장을 변형시켜서 간단하게 그것을 비켜내고는 접근, 우두머리 늑대 인간의 몸통에 주먹을 꽂아 넣었다.

─라이트닝 블로!

뇌광이 폭발, 천둥소리가 울려 퍼지면서 우두머리 늑대 인간이 튕겨 나갔다.

"정말 그게 다야?"

그렇게 묻는 용우의 목소리에 기묘한 울림이 실려 있었다.

'뭐지?'

도저히 인간의 목소리를 눈앞에서 듣고 있다는 느낌이 들지 않는다.

마치 음질이 떨어지는 라디오 스피커로 듣는 듯한 그런 울림.

키이이, 이이이익?

"정말 인간이 맞냐니? 그럼 내가 인간 말고 뭘로 보이냐?"

크르릉! 캐개갱캥! 크르르르……

"놈들이라. 그건 고스트를 말하는 건가? 네놈들, 고스트에 대해서 알고 있는 거군?"

한 걸음, 한 걸음 우두머리 늑대 인간에게 다가가는 용우를 보면서 유현애와 이미나는 오싹해졌다.

"…저기, 언니."

"왜?"

"저 사람, 지금 설마… 몬스터랑 대화하고 있는 건가요?"

"그, 글쎄……."

이미나의 목소리가 떨려 나왔다.

아무리 봐도 그렇게밖에 안 보였기 때문이다.

용우가 말했다.

"더 보여줄 게 없는 것 같으니 이제 그만 죽어라. 수습해야 할 일이 많아서 더 이상 시간을 못 끌겠군."

크아아아아!

우두머리 늑대 인간이 이판사판으로 달려들었다.

파악!

그러나 이 괴물이 용우에게 채 두 걸음도 다가오기도 전에, 무릎 아래쪽 높이에 구현되어 있던 보이지 않는 칼날에 걸렸다.

'역시 사일런트 엣지는 가격대 성능비가 최고야.'

용우가 차갑게 웃었다.

인간이라면 그대로 다리가 깨끗하게 잘렸을 것이다. 그러나 우두머리 늑대 인간의 다리는 뼈에까지 이르는 깊숙한 상처가 나는 것에 그치고, 오히려 칼날이 부러져 버렸다.

카아아아아!

우두머리 늑대 인간이 절룩거리며 뛰어들었다.

하지만 용우는 격투전으로 상대해 주지 않았다.

―마격탄!

우두머리 늑대 인간이 뛰는 것과 동시에 뒤로 뛰면서 소총의 방아쇠를 당겼다.

투두두두두!

연사로 날아간 소총탄이 우두머리 늑대 인간을 저지했다.

피투성이가 된 우두머리 늑대 인간이 허우적거리듯이 양팔을 휘둘러 댔다. 그러나 용우는 마치 늑대 인간을 놀리듯이 그 모든 공격을 피해 버렸다.

이미나는 그 광경을 보며 얼어붙었다.

'강해.'

그녀는 근접전의 스페셜리스트다. 부상을 입지 않았다면 우두머리 늑대 인간과도 해볼 만하다고 생각했다.

하지만 용우가 보여주는 전투 능력은 그런 차원이 아니었다.

전력을 다해 싸우기는커녕 마치 어린애를 데리고 놀듯이 우두머리 늑대 인간을 철저하게 농락하고 있다.

"대충 다 본 것 같군. 끝내자."

어느 순간, 용우가 질렸다는 듯 말하면서 파고들었다.

―용참격(龍斬擊)!

나이프에서 뿜어져 나온 에너지 칼날이 우두머리 늑대 인간의 목을 가르고 지나갔다.

파악!

깨끗하게 잘린 늑대 인간의 목이 높이 날아올랐다가 포물선을 그리며 떨어져 내렸다.

슈우우우우⋯⋯!

그리고 목을 잃은 우두머리 늑대 인간의 시체가, 절단면에서 검은 증기 같은 기운을 세차게 뿜어내며 쓰러졌다.

"특별한 개체라고는 해도 목 날리면 죽는 건 똑같군."

용우는 그렇게 중얼거리고는 우두머리 늑대 인간의 몸에 손을 뻗었다.

치이이이익!

우두머리 늑대 인간의 몸에서 발생한 연기 같은 기운이 용우에게로 빨려 들어갔다.

'흠, 연구용으로 쓰겠다고 했으니 적당히 먹어야지.'

용우는 소모한 마력을 보충하는 선에서 에너지 드레인을 멈췄다.

헌터 관리부의 추가 의뢰는 두 가지.

코어 몬스터들의 전투 데이터를 최대한 끌어내 줄 것.

연구용으로 쓰고 싶으니 가능한 한 코어 몬스터의 신체를 훼손시키지 않고 쓰러뜨릴 것.

'이런 상황에서 참 개소리를 잘도 지껄인단 말이지. 현장을

모르는 책상물림 놈들의 마인드란.'

　보수를 상당히 크게 걸기는 했지만 마음에 안 드는 것은 어쩔 수 없었다.

　더 마음에 안 드는 것은 용우 자신에게 그 의뢰를 수행할 능력이 있다는 점이다.

　'이런 말도 안 되는 억지를 들어주면 그놈들 버릇 나빠질 텐데.'

　용우는 그들이 다른 헌터들에게 똑같은 억지를 부리지 않기를 바라면서 통신으로 상황을 보고했다.

＊　　　　＊　　　　＊

　용우의 활약은 우두머리 늑대 인간을 처치하고 이미나와 유현애를 구출한 것에서 그치지 않았다.

　그는 전장에 흩어져 있는 부상자들을 치료하고, 그들을 하나로 집결시켰다.

　그가 투입된 지 얼마 되지도 않아서 상황이 극적으로 호전되자 출입구 쪽에 포진한 서포터 팀은 경악을 감추지 못했다.

　"혼자서 순식간에 상황을 뒤집다니, 소문이 과장된 게 아니었군……."

　"저런 헌터가 지금까지 알려지지 않았다니 어떻게 그럴 수가 있지?"

용우가 해낸 일은 최소한 베테랑 분대 하나를 투입해야 가능할 일이었다.

문밖에서 시간차를 두고 그 상황을 보고 받는 김은혜도 전율을 금치 못했다.

'한 사람이 모든 포지션의 능력을 다 가지면 이런 일도 가능한 건가?'

역사적으로 단 한 사람도 존재한 적이 없는 환상의 올라운더.

'설마 이 급박한 상황에 그 의뢰까지 수행해 내다니……'

김은혜는 상부의 요구를 전달하면서, 스스로도 말도 안 되는 소리라고 생각했다.

그런데 용우는 너무나 쉽게 그 의뢰를 수행해 버린 게 아닌가?

'이런 사람을 구금해 두려고 수작을 부렸다니, 나도 참… 호랑이 아가리에 목을 들이밀고 있었네.'

새삼 과거의 자신이 얼마나 위험한 짓을 했는지 깨닫자 오싹한 공포가 몰려왔다.

"더 이상의 코어 몬스터는 없는 것으로 보입니다. 게이트 소멸이 시작됩니다."

코어 몬스터는 게이트의 핵심이다.

코어 몬스터의 생명 반응이 끊어진 시점부터, 게이트는 기둥을 잃은 건물처럼 소멸하기 시작한다.

하지만 그 소멸이 정말 건물이 무너지는 것처럼 극적으로 빠른 것은 아니다. 다른 세계의 일부를 잘라놓은 것 같은 유사 세계는 외곽부터 서서히 축소되어 가는데 그 시간은 짧아도 30분, 길면 3시간 이상 걸리는 경우도 있었다.

"구조 작업을 완료할 시간은 충분합니다."

그것은 팀 반도호랑이 입장에서는 다행스러운 일이었다.

문 안쪽에는 아직도 구조해야 할 부상자들이 있었고, 수습해야 할 전사자들의 시신도 있었으니까.

그리고 이런 때 언급하기는 뭐 하지만 이번 작전을 손해 보고만 끝내지 않기 위해서는 몬스터들로부터 마력석도 최대한 채취해야 했다.

그 작업이 끝나기 전, 게이트에서 나온 용우가 김은혜에게 말했다.

"그럼 난 먼저 수송기에 가 있지."

"수고하셨어요. 추가 의뢰비는 사흘 안으로……."

"잠깐만요!"

그의 뒤를 따라온 유현애가 외쳤다.

"오늘 구해주셔서 고맙습니다!"

헐레벌떡 다가온 그녀가 감사 인사를 했다.

그리고 속삭이듯 목소리를 낮추어 말했다.

"잠깐만이면 돼요. 둘이서만 이야기할 수 있을까요?"

"난 당신이랑 할 비밀 이야기가 없습니다만."

유현애는 거기서 목소리를 높이는 대신, 용우가 빤히 알아볼 수 있도록 천천히 입 모양으로만 말했다.

'고. 마. 워. 요. 서. 용. 우. 씨.'

순간 용우는 말문이 막혔다.

'어떻게 알았지?'

그냥 찔러봤다고 하기에는 아무런 단서도 없지 않았나?

애당초 용우와 그녀는 접점 그 자체가 별로 없었다. 목소리도 변조하고, 얼굴도 감추고 있는데 대체 어떻게 알아봤단 말인가?

용우가 배틀 힐러고, 제로도 배틀 힐러로서의 능력을 가졌기 때문에?

'그것만으로는 근거가 너무 부족한데. 진짜 그냥 아무 근거 없이 찔러본 건가? 그런 거겠지?'

헬멧으로 얼굴을 감추고 있었기에 용우의 당혹감은 겉으로 드러나지 않았다.

"왜 입을 뻐끔거립니까?"

"……."

용우가 태연함을 가장하고 묻자 유현애가 움찔하더니 얼굴을 사과처럼 붉혔다.

그녀 딴에는 만화나 드라마에서 본 것처럼 '당신의 비밀을 알고 있다'는 제스처로 대화를 이끌어내려고 한 모양이다. 하지만 용우가 거기에 호응해 줘야 할 이유는 전혀 없었다.

"나, 나중에 연락할게요!"

"연락처는 가르쳐 줄 수 없습니다. 혹시라도 내 연락처가 당신한테 흘러가면, 그 경로가 조사될 것이고 반드시 처벌받게 될 테니까 허튼수작은 하지 않길 권고합니다."

"……."

유현애는 멍청한 표정을 지을 수밖에 없었다.

'뭐 이런 사람이 다 있어?'

그야말로 철벽의 뻔뻔함이다.

"그럼 이만."

용우가 몸을 돌리자 유현애가 발끈해서 그의 곁에 따라붙었다. 그러면서 다른 사람에게 들리지 않도록 목소리를 낮춰서 으르렁거린다.

"진짜 이러기예요? 나 다 알고 있거든요?"

"뭘 안단 말입니까?"

"아저씨!"

"날 언제 봤다고 아저씨입니까?"

"그게 중요해요?"

"나는 당신에게 그렇게 불릴 이유가 없습니다만."

"그럼 서용우 씨라고 불러요?"

"왜 나를 그런 이름으로 부릅니까?"

"으으으, 진짜 얄미워!"

발을 동동 구르던 유현애는 어쩔 수 없다는 듯 한숨을 푹 쉬더니 속사포처럼 말을 쏟아내었다.

"지난번 일도, 이번 일도 정말 감사해요. 근데 아저씨, 다른 사람은 몰라도 난 알아요. 지난번하고 이번에 아저씨가 쓴 허공장이 똑같다고 불꽃의 활이 알려줬으니까."

"……"

"어디 가서 말하지 않을 거예요. 팀에도 안 말할 거고요. 그냥 지난번 일도, 이번 일도 다 고맙다고 인사하고 싶었어요."

유현애는 그렇게 말하고는 몸을 돌려서 가버렸다.

용우는 그녀를 흘끔 돌아보고는 헬기에 올랐다.

'아티팩트 때문에 알아본 거였나. 아티팩트가 허공장에만 반응하는 거면 다행이지만 정신파를 기록하는 기능이라도 있는 거면……'

마력 패턴이 그렇듯 인간의 정신파 역시 고유한 개성이 있다.

그리고 용우조차도 마력 패턴은 바꿀 수 있어도 정신파는 바꿀 수 없었다.

이것은 어비스에서도 통용되는 진실이었다. 그렇기에 어비스 종반기에는 변신 능력을 가진 자들조차도 정체를 속이기가 어려웠다. 그때까지 살아남은 자들은 대부분 정신파를 기억하고 구분하는 능력이 있었기 때문이다.

즉 용우는 지금도 그런 능력을 가졌다.

'골치 아픈 일이 되겠어.'

백원태와 상의해야 할 일이 하나 생겼다.

5

헌터 업계는 발칵 뒤집어졌다.

팀 반도호랑이가 고작 20미터급에서 5명의 전사자가 나올 정도로 큰 피해를 입은 것만으로도 이슈가 될 일이다.

그러나 헌터 관리부의 소관으로 각 헌터 팀의 고위층을 모아서 속사정을 밝히자 다들 경악을 금치 못했다.

"지성을 가진 몬스터라니."

그것으로도 모자라서 몬스터들에게 조직적인 행동을 강요하는 지휘관의 능력까지 갖췄다니, 인류가 만나본 최악의 적이라고 해도 과언이 아니었다.

곧바로 헌터 업계 수뇌부가 모여서 긴급회의에 들어갔다.

"최대한 빨리 대책을 마련해야 합니다."

"다행히 같은 날 발생한 게이트에서 지성체 몬스터… 음, 일단은 지휘관 개체라고 명명하죠. 지휘관 개체가 등장한 곳은 하나뿐입니다."

"하지만 또 언제 그런 놈들이 등장할지 알 수 없죠. 전술 매뉴얼 수정이 시급합니다."

몬스터와 직접 맞서 싸우는 헌터들 입장에서는 당연한 상식이 무너지는 공포에 오싹해질 수밖에 없었다.

"불행 중 다행인 것은 놈들에 대해서 연구해 볼 최소한의 자료는 수집되었다는 거로군요."

우두머리 늑대 인간의 시체가 놀랍도록 온전한 상태로 수거되었다.

목을 잘라서 숨통을 끊었기 때문에 뇌까지도 형태를 잃지 않았다. 이미 긴급 소집 된 연구원들이 정밀 검사로 데이터를 모으고 있었다.

"제로. 확실히 대단한 자로군."

헌터 관리부 수뇌부 역시 제로에게 요구한 추가 의뢰가 무리하다는 것은 알고 있었다.

당장 팀 반도호랑이를 위기에서 구해야 하는 급박함 속에서 코어 몬스터 하나를, 되도록 연구할 만한 데이터를 끌어내면서 최대한 온전한 시체로 만들어달라고 한 것이다. 현장에서 뛰는 입장에서는 욕 나오는 소리다.

그런데 제로는 모든 요구 사항을 완벽하게 달성했다.

헌터 관리부 장관이 말했다.

"백원태 사장, 그의 처우에 대해서는 당신의 결단이 옳았던 것 같군요."

그 자리에는 백원태와 오성준도 참석해 있었다.

백원태가 미소를 짓자 오성준이 아니꼬워하며 코웃음을 쳤다.

"당분간은 정찰 매뉴얼에 지휘관 개체가 있는가를 확인하는 작업을 최우선으로 할 것을 추가해 둬야만 하겠습니다."

경험이 풍부한 자들이 머리를 맞대고 몬스터와 싸우기 위한 전술 매뉴얼 수정에 들어갔다. 이 작업이 빠르고 정확가게 이뤄지지 않으면 앞으로 엄청난 출혈을 감당해야 할 것이다.

*　　　*　　　*

악몽의 데뷔전을 치른 지 3일이 지난 날의 저녁, 유현애는 마포구의 5성 호텔 크로노스 호텔에 발을 디뎠다.

"우와……."

팀 반도호랑이에서 같이 보내준 매니저를 로비에 대기시키고 최상층의 레스토랑, 그중에서도 VIP 룸으로 안내된 그녀는 감탄을 금치 못했다.

각성자가 된 후로 이런저런 호사를 누려보았지만 이런 곳
은 처음이다.

그 안으로 들어가자 한 남자가 앉아 있었다.

이런 곳에 어울리지 않게 검은 재킷에 청바지라는 캐주얼
한 차림새를 한 청년이었다.

전문 코디네이터들의 손길을 거쳐서 근사한 차림새를 한 유
현애는 뭔가 억울함을 느끼며 물었다.

"왜 약속 장소가 이런 곳이에요?"

"공짜라서."

"……."

용우의 대답에 유현애의 얼굴이 찌푸려졌다.

"농담입니다. 하지만 대신 돈 내주겠다는 스폰서가 있는데
굳이 안 써먹을 이유도 없죠."

"아저씨는 돈 엄청 많이 벌었을 거라고들 그러던데."

"전에도 말했지만 난 당신에게 아저씨라고 불릴 이유가 없
습니다만?"

"아, 죄송해요. 서용우 헌터님이라고 부를게요."

유현애가 얌전하게 고개를 끄덕이자 오히려 용우가 불편해
졌다.

"그건 좀 너무 부담스러운데……."

"그럼 뭐라고 부를까요?"

"그냥 서용우 씨로 하죠, 유현애 씨."

"네."

용우가 말을 이었다.

"여기로 약속 장소를 잡은 것은 남들 눈 피하기 좋아서입니다. 나나 당신이나 서로 만난다는 게 알려져서 좋을 거 없잖아요?"

"저기요."

"말씀하시죠."

"그냥 말 놓으세요. 솔직히 되게 부담스러워요. 저랑 나이차가 여고생만큼 나는데."

왜 하필 여고생이지?

용우는 그녀의 엉뚱한 비유에 당혹감을 느끼며 고개를 끄덕였다.

"그게 편하다면 그렇게 하지."

"어쨌든 저를 이런 곳으로 불러내셨다는 건, 저한테 정체를 들켰다는 걸 인정하시는 거죠?"

"그래."

"거봐요. 결국 그럴 거면서 왜 그렇게 완강하셨담."

"현재 내 정체는 헌터 관리부의 기밀로 지정되어 있어서, 그걸 알게 되는 순간 헌터 관리부의 특별 관리 리스트에 올라가거든. 축하해, 유현애 양. 당신도 오늘부터 거기에 이름이 올라갔어."

"……."

"농담 아니야. 여기서 나가자마자 헌터 관리부에서 소환할
거야."

"으아, 너무해……."

"너무하긴. 비밀이란 건 이유가 있으니까 비밀인 거야. 그냥
혼자서 가슴에 묻어두지 그랬어?"

"그치만… 내가 누구한테 고마워하고 있는지 정도는 확실
하게 하고 싶었는걸요. 으으으……."

유현애는 뾰로통한 표정으로 물었다.

"도대체 정체가 뭐예요?"

"이미 알고 있잖아?"

"그거 말고요."

"더 알아봤자 좋을 게 없을 텐데? 제로의 정체가 서용우다,
거기까지만 아는 것과는 달라. 폭탄을 끌어안은 기분이 될걸?
그래도 알고 싶어?"

사악하게 웃는 용우의 물음에 유현애는 침을 꿀꺽 삼켰다.

단순히 허세라고 보기에는 용우의 능력이나 배경이 너무
심상치 않았다. 그 능력이 얼마나 비상식적인 것인지 자기 눈
으로 본 유현애가 아닌가?

"…이왕 여기까지 왔잖아요. 원래 게임은 히든 요소까지 다

클리어해야 직성이 풀리는 성격이라서요."

"좋아. 그렇게까지 각오했다면 말해주지. 2012년에 일어난 대실종을 기억하나?"

"기억은 못 하죠. 저 올해로 21살이거든요? 그때 저 5살이었다고요."

"……."

용우 입장에서는 자신이 대학생일 때 유치원을 다녔던 사람이 성인이 되어서 눈앞에 앉아 있는 셈이다.

잠시 세월의 흐름을 느낀 용우는 말문이 막히고 말았다.

"그래도 알긴 알아요. 미나 언니도 그때 삼촌이 실종됐다고 그랬거든요."

"미나 언니라면, 너희 팀의 이미나 분대장 말인가?"

"네. 그런데 그게 왜요?"

"난 그 사건으로 실종되었다가 돌아온 사람이다."

"네에?"

유현애가 눈을 휘둥그레 떴다.

용우는 그녀의 눈을 똑바로 바라보며 말했다.

"통칭 0세대 각성자라고 하지. 참고로 대실종에서 살아남은 사람은 나 혼자야. 전 세계에 유일하지. 친한 사람 중에 대실종 피해자가 있다니까 경고하는데… 혹시라도 발설할 생각은 하지 마. 절대로 뒷일을 감당할 수 없게 될 거다."

유현애는 침을 꿀꺽 삼켰다. 용우가 경고한 것이 어떤 의미였는지 아주 적나라하게 체감이 되고 있었다.

용우가 말을 이었다.

"오늘 이 자리를 마련한 건 네게 협력을 받고 싶어서야."

"협력이라면 어떤 협력이요?"

"네 아티팩트를 연구하는 데 협력해 주면 좋겠어."

"…어, 제가 할 수 있는 일이라면 뭐든지 해드리고 싶지만 죄송해요. 그건 제 의사로 결정할 수 있는 문제가 아니에요."

유현애의 아티팩트, 불꽃의 활에 대한 연구는 이미 여러 기관에서 이뤄지고 있었다.

하지만 이 문제에 대한 협상권은 유현애가 아니라 팀 반도호랑이 측에 있었다. 애당초 그런 조건으로 계약을 맺었기 때문이다.

"안심해. 네가 OK하면 그 문제는 내 쪽에서 알아서 해결할 테니까."

정확히는 백원태와 오성준이 해결해 줄 것이다.

"팀에 비밀로 할 필요는 없어. 그리고 연구라고 해도 네가 여기저기 연구소에 불려가서 협력해 주던 것과는 좀 다를 거야."

"어떻게 다른데요?"

"내가 원하는 건 이론적으로 아티팩트를 분석하는 게 아냐. 그 힘을 실체적으로 활용하는 법을 알아내고 그 본질을 파악하는 것. 두 가지 목적 중에 전자는 나보다도 네게 더 이익이 되겠지."

아티팩트는 용우에게도 미지의 존재다.

어비스의 7성좌로부터 내려온 성좌의 아바타들과 여러 번 접촉해 봤지만 그들의 힘을 차분히 파악하거나 연구할 기회는 한 번도 없었다.

그러니 유현애의 협력을 받을 수 있다면 큰 이익이 될 것이다.

'정신파 기록 능력이 있는지에 대해서도 알아봐야 하고.'

유현애에게 들킨 거야 어쩔 수 없다고 쳐도 타국의 아티팩트 소유자들도 동일한 능력을 가졌다면 행동에 걸림돌이 될 수도 있다. 확실하게 파악해둘 필요가 있었다.

"어쨌거나 아티팩트에 대해서는 빨리 알아야 할 필요가 있어. 아직 기사로는 안 나갔지만 이런 정보가 나왔거든."

용우는 테이블 위에 놓아두었던 태블릿을 유현애에게 밀어 주었다.

그것을 받아 들고 화면을 켜본 유현애는 깜짝 놀랐다.

"아티팩트 보유자가 죽었어요?"

남중국 소속의 아티팩트 보유자가 사망했을 거라는 추측이었기 때문이다.

베이징 궤멸 후 7개로 갈라진 중국, 그중에서 남중국은 지방 군벌의 지배가 그대로 굳어진 군사독재국가였다.

그들은 아티팩트 보유자의 데뷔전을 대대적으로 선전했는데, 그 결과는 전혀 보도하지 않고 정보를 은폐하고 있었으니 결과를 짐작하기란 어려운 일이 아니다.

"우리나라와 남중국의 일 때문에 다른 국가들은 아티팩트 보유자들의 실전 투입을 뒤로 미뤘어."

아티팩트 보유자가 지성을 가진 지휘관 개체를 불러들이는 것일지도 모른다.

그런 가설 때문에 아티팩트 보유자의 실전 투입을 뒤로 미루기로 한 것이다.

"아마 넌 당분간은 작전에 투입되지 않을 거야. 너 없는 전장에서도 지휘관 개체가 나오기 전까지는……."

그 말에 유현애가 잠시 생각하다가 물었다.

"제가 OK 하면 정확히 뭘 하게 되는 거죠?"

"헌터 관리부에서 지금 놀고 있는 훈련장을 대여해 주기로 했어. 거기서 나랑 훈련을 하게 될 거야."

"훈련요?"

유현애가 노골적으로 싫은 표정을 지었다.

그럴 만도 했다. 그녀는 지금도 하드한 훈련 스케줄에 시달리고 있는 몸이었으니까.

용우가 웃었다.

"뭐, 훈련이라고 해도 내가 네 트레이너 노릇을 하겠다는 뜻은 아니야. 훈련 형식의 연구라고 보면 되겠지."

"알겠어요. 받아들일게요."

"의외로 순순하군."

"저도 불꽃의 활에 대해서는 좀 더 알고 싶거든요. 그리고 제가 보기에 서용우 씨는 제가 아는 누구보다도, 저보다도 더 불꽃의 활에 대해서 잘 아는 것 같고. 그것도 0세대 각성자라 그런 건가요?"

"그렇다고 해두지."

"제대로 알려주는 게 없네요. 알겠어요. 덕분에 목숨을 구했으니 제가 협력할 수 있는 건 다 해드릴게요."

"고맙군. 중요한 이야기는 끝났으니 이제 그만 식사를 내오라고 해도 될까? 여기 요리는 정말 맛있는데."

"네. 저도 배고파요."

곧 예쁘게 플레이팅된 요리가 하나하나 나오기 시작하자 유현애는 폰카로 신나게 사진을 찍어 메신저로 이미나에게 자랑하면서 행복해했고, 용우는 그런 그녀를 보면서 생각했다.

'왜 맛있는 음식을 앞에 두고 저러면서 좋아하지? 요즘 애들 진짜 모르겠네……'

아무래도 그는 15년간 세상에 뒤쳐진 만큼, 나이를 먹은 것이나 다름없는지도 모른다.

그런 인정하고 싶지 않은 깨달음이 슬금슬금 가슴을 잠식하기 시작했다.

Chapter12

유령의 얼굴

1

꿈을 꾸었다.

절대로 돌아보기 싫은 시절의 꿈을.

그곳은 붉은 하늘이 지배하는 세계였다.

"뭐야, 너냐?"

메마른 바람을 타고 들려온 물음에 용우는 대답하지 않았다.

"큭큭… 아, 결국 너한테 죽게 된다니, 상상도 못 했는데."

죽어가는 백인 청년의 공허한 웃음이 울려 퍼졌다.

하지만 용우는 무표정했다.

슬픔도, 기쁨도, 심지어 지친 기색조차도 없다.

백인 청년을 관찰하듯 바라볼 뿐이다.

"기분 나쁜 새끼……."

백인 청년이 툭 내뱉었다.

그렇다.

용우는 다 죽어가는 그를 앞에 두고도 전혀 방심하지 않고 있었다.

"죽여."

백인 청년이 용우를 노려보며 말했다.

"다른 놈들도 다 죽였지? 이제 나밖에 안 남은 거 아닌가?"

용우는 부정하지 않았다.

전장에 투입된 것은 30명이었다.

끝도 없이 넓은 전장에서 30명은 이 시점까지도 정체를 알수 없었던 무인 병기들과 함께 괴물의 군세를 격파했다.

강대한 괴물들이 넘쳐났고 그 수에 한계가 있을지조차 의심스러웠다.

그런데도 그들은 이겼고, 이기는 것으로 그치지 않았다.

파벌에 속한 자들은, 파벌에 속하지 않은 회색분자들을 사냥하려고 했다.

한 사람의 손이라도 더 필요할 것 같은 상황에, 그들은 자신들의 무리에 속하지 않은 자들을 사냥해서 수를 줄이려고

했다.

그러나 그들의 계획은 실패했다.

전장에는 그들이 예상치 못한 변수들이 나타나서 통제 불가능한 혼돈을 일으켰다. 그리고 그들이 사냥감으로 점찍었던 이들은 그 혼돈을 영리하게 이용하면서 반격해 왔다.

괴물의 수가 줄어들수록, 인간의 수도 줄어들었다.

그리고 마침내 두 사람만이 남았다.

"성좌의 아바타들은?"

"할 일을 마치고 사라졌지. 언제나 그랬잖아."

용우가 처음으로 입을 열었다.

파벌을 이룬 자들이 회색분자들을 사냥한 것에는 승산을 높이기 위한 목적도 있었다.

한 명이 죽을 때마다 그 목숨 혹은 영혼을 대가로 강림하는 성좌의 아바타.

그들을 불러내고자 했던 것이다.

그 목적 하나만큼은 지나치게 성공적으로 이루어졌다. 성좌의 아바타 7개체가 모두 강림해서 해일처럼 전장을 휩쓸었으니까.

"새삼스럽지만……."

백인 청년이 말했다.

"역시, 이 세계에는 증오밖에 없어."

용우는 부정하지 않았다.

그렇다.

이 세계는 증오가 지배하고 있었다.

처음부터 그랬다. 선의와 사랑은 쉴 새 없이 밀려오는 증오의 파도에 쓸려서 어디론가 사라져 버렸다.

"돌아가면 다를까?"

백인 청년이 물었다.

대답을 바라고 한 질문은 아니었으리라. 그는 용우의 대답을 기다리지도 않고 말을 이었다.

"아니, 어차피 돌아갈 수 없겠지. 나도, 너도 알아. 이 세계에 출구 따위 없다는 걸."

"그렇게 생각했다면 왜 여태까지 살아 있었지?"

용우는 참지 못하고 묻자 백인 청년이 울 것 같은 표정으로 웃었다.

"그러기에는 무서웠으니까. 살아 있는 게 죽는 것보다는 덜 무서웠으니까 살아 있었던 거야."

"......"

"너도 그렇지 않나? 나를 죽이러 온 거잖아. 하지만 이렇게 내가 떠들어대는 소리를 듣고 있지. 무서우니까 그런 거잖아."

용우는 반박하지 못했다.

무서웠다.

어쩌면 이 남자와의 대화가 살아 있는 동안 타인과 나누는 마지막 대화일지도 모른다는 사실이.

눈앞의 인간을 증오하지만, 그럼에도 그를 죽여 버리고 나면 혼자 남는다는 사실이 무서웠다.

"그렇지? 인정해. 너도 똑같아. 하지만 말이야. 너도 결국……."

용우는 그의 말을 끝까지 기다리지 않았다.

콰직!

들고 있던 검을 던져서 그의 숨통을 끊었을 뿐이다.

후두두두두…….

그리고 빗소리처럼 땅을 두들겨 대는 소리가 울려 퍼지기 시작했다.

청년의 아공간이 해제되면서 그 안에 보관되어 있던 물건들이 쏟아져 내리는 소리였다.

"…멍청한 소리를 유언이랍시고 지껄이다니."

용우의 중얼거림은 그 소리에 파묻혀서 들리지 않았다.

청년의 몸을 가득 채우고 있던 힘이 흘러들어 오는 감각 때문에, 그 자신조차 들을 수 없었다.

*　　　　*　　　　*

"……"

새벽에 눈을 뜨니 창밖으로 빗소리가 울려 퍼지고 있었다.

꿈의 마지막에 들었던 그 소리와 무척이나 비슷한 느낌이 드는 소리다.

식은땀을 흘리며 눈을 뜬 용우는 창문으로 다가가서 거기에 손을 댔다.

"확실히 출구 따윈 없었지……"

용우는 빗소리를 들으며 그렇게 중얼거렸다.

출구 따위는 없었다. 어비스는 그곳에 발 들인 모두를 죽이기 위한 세계였다.

인간을 죽여 그들이 갖고 있던 물건을 얻는다.

인간을 죽여 그들의 체내에 녹아들었던 스펠 스톤과 마력석을 얻는다.

그리고 인간을 죽여… 그들을 이루던 근본적인 힘의 일부를 얻는다.

직접 자신의 손으로 누군가를 살해하는 자가 가장 큰 이익을 얻는 세계.

더 큰 힘을, 더 많은 자원을 얻어서 하루라도 더 생존할 수 있었던 세계.

용우는 그 세계의 기억을 떨쳐내려는 듯 비를 노려보며 오랫동안 침묵하고 있었다.

아주 오랫동안.

2

2028년 1월이 지나고 2월이 되었다.

용우는 바쁜 나날을 보내고 있었다.

동생과 서울 이곳저곳을 돌아다니면서 이사할 집 매물들을 살피고, 중간중간 트레이닝 센터에 2~3일씩 들어가서 훈련도 하고, 그러다가 배틀 힐러 서용우로서 전투에도 한번 참가했다.

용우의 명성은 서서히 높아지고 있었다.

이미 그가 신인이라고 볼 수 없는 기량을 지녔다는 소문이 업계에 파다했다.

어느 정도 급수가 되는 팀에서는 위험도가 높은 임무에 투입될 때면 그를 쓰고 싶다는 요청을 보내왔다.

용우가 데뷔한 지 3개월, 단 3회의 전투에 참가했을 뿐이다.

그런데 용우는 들어오는 일을 감사하면서 하는 게 아니라 '일을 고를 수 있는' 위치에 올라 있었다.

그것은 물론 용우의 능력이 뛰어나서이기도 하지만, 근본적으로는 배틀 힐러라는 포지션이 대체 인력을 찾을 수 없는 희귀한 인력이라는 점이 크게 작용했다.

*   *   *

"으아아, 아저씨 거짓말쟁이……."

유현애는 훈련장 바닥에 쓰러진 채로 신음하고 있었다.

용우가 의아해했다.

"내가? 왜?"

"트레이너 노릇 안 한다더니 미나 언니 저리 가라 할 정도로 사람을 굴려대잖아요!"

두 사람은 헌터 관리부가 빌려준 훈련장에서 이루어진 훈련 형식으로 불꽃의 활 연구를 하고 있었다.

훈련이 시작되고 1시간이 지나자 유현애는 마력이 바닥나서 탈진해 버렸다.

용우가 고개를 갸웃했다.

"난 너한테 뭔가 가르친 기억이 없는데?"

"와, 어이없어……."

유현애는 기가 막혔다.

용우는 막무가내식 교관이었다.

처음에는 불꽃의 활로 이거 해봐라, 저거 해봐라 하는 것으로 그쳤다.

하지만 조금 지나자 이건 왜 못하냐, 이렇게 하면 되지 않느냐, 저렇게도 해봐라 하는 식으로 시범을 보여주며 유현애에게 마력을 다루는 기술을, 그리고 불꽃의 활의 새로운 용법을 쥐어짜 내게 만들었다.

"나 오늘 여기서 배우라고 강요받은 게 한둘이 아니거든요?"

"그건 딱히 가르치려고 한 건 아닌데. 그냥 연구하는 데 필요한 일들을 시킨 거지."

"......"

"네가 지시를 따르지 못하니까 어떻게 하면 되는지 알려준 것뿐이야."

용우는 어디까지나 사실을 말하고 있었다.

아티팩트를 연구하기 위해서는 유현애가 그가 원하는 상황을 연출해 줄 수 있어야 한다. 그런데 유현애가 워낙 못해서 어떻게 하면 되는지 알려줬을 뿐이다.

"내가 너를 '가르치려고' 했으면 이런 식으로는 안 했어."

"그럼 차라리 제대로 가르쳐 주든가요!"

"싫어."

"왜요? 설마 그냥 귀찮아서?"

"잘 아네."

"……."

"귀찮은 데다 내가 널 가르칠 이유도 없지. 내가 널 가르쳐 봤자 너희 팀에서 너를 훈련시키려고 세운 계획을 망칠 뿐일 걸."

"그럴 리가. 불꽃의 활의 허공장을 컨트롤하는 법을 가르쳐 주는 사람은 아무도 없었다구요."

용우는 팀의 선배 헌터들이나 트레이너들도, 연구원들도 알지 못하는 것들을 알고 있었다.

불꽃의 활의 주인인 유현애조차도 생각지 못한 부분들을 지적해서 새로운 용법을 끌어내었다. 거기에 허공장을 몸의 일부처럼 활용하는 법까지 알려주었다.

"확실히 체외 허공장에 대해서는 연구가 별로 안 된 것 같더군."

세계적으로도 체외 허공장을 가진 각성자는 극소수였다.

각성자 튜토리얼에서 스펠과 특성의 대부분은 진행하면서 얻는 포인트를 지불해서 얻을 수 있다.

하지만 특별한 조건을 충족시켜야만 얻을 수 있는 희귀한 스펠과 특성도 있는데, 체외 허공장도 그런 경우였다.

습득하기 까다로운 만큼 사용자가 적고, 그래서 연구 데이터도 적다.

"하지만 나는 허공장을 다루는 법을 딱히 이론화해서 익히고 있는 게 아니라서… 그냥 하다 보니까 할 수 있게 됐을 뿐이지."

"그런 것치고는 잘 가르쳐 줬잖아요?"

"잘 가르쳤나? 내가 보기엔 네가 잘 배운 것 같은데."

용우의 심드렁한 말에 유현애가 눈을 동그랗게 떴다.

"지금 나 칭찬한 거예요?"

"그럴걸."

"그런 거면 그런 거지 그럴걸은 뭐예요?"

유현애가 눈을 반짝반짝 빛내자 용우가 훙 하고 화제를 돌렸다.

"어쨌든 너는 감각이 뛰어나. 솔직히 내가 생각해도 설명이 참 개판이었는데……."

"알긴 아네요."

"응? 뭐라고?"

"아, 아뇨. 아무것도 아니에요."

딴청을 부리는 유현애에게 용우가 눈을 흘겼다.

어쨌든 유현애의 센스는 굉장했다. 개떡같이 가르치면 찰떡같이 알아듣는 수준이다.

특히 불꽃의 활 자체에 내재된 허공장을 끌어내어 컨트롤하는 법을 몇 번의 시범과 지시만으로 터득한 것은 정말 대단한 일이다.

'시범 몇 번과 지시만으로 해내다니, 확실히 천재 소리를 들을 만하지.'

용우도 그녀의 재능을 인정할 수밖에 없었다.

"몸 쓰는 재능은 별로인데 감각적인 부분은 확실히 탁월하군. 각성자 튜토리얼 성적 우수자라 그런가? 아니면 프로 게이머 출신이라서?"

각성자 튜토리얼에 소환되기 전까지 그녀는 현역 프로 게이머였다.

18세, 고교 2학년 때 데뷔해서 국내 리그의 연승 기록을 갈아치우고 리그 중위권이었던 소속 팀을 상위권으로 끌어 올리는 데 결정적 역할을 했다.

이듬해에는 여성 프로 게이머 최초로 국내 개인전에서 우승컵을 거머쥐고 세계 대회 은메달을 거머쥐었다.

전 세계를 통틀어도 최강의 여성 프로 게이머 중에 한 명으로 인기 절정의 프로 게이머였던 것이다.

"각성자가 되는 바람에 다 물거품이 됐지만요."

각성자는 프로 게이머가 될 수 없었다.

프로 게이머만이 아니다. 그 어떤 스포츠도 각성자가 공식

전에 참가하는 것을 허락하지 않는다.

이유는 각성자의 피지컬이 기존에 인간의 한계로 여겨졌던 수준을 초월하기 때문이다. 세계 정상급 프로 스포츠 선수들이 도핑을 해도 각성자들에게 범접할 수 없을 정도니 당연한 일이었다.

문득 용우가 물었다.

"그러고 보니 좀 이해가 안 되는 게 있는데."

"뭐가요?"

"각성자 튜토리얼이 게임 같은 성격을 띤다고 하지만 어디까지나 겉보기가 그럴 뿐이지."

클리어 조건이 정해진 스테이지를, 지시에 따라서 공략한다는 점에서는 정말 게임처럼 보이는 것이 각성자 튜토리얼이다.

하지만 그 본질은 어디까지나 목숨을 건 투쟁을 강요받는 시험장이다.

"넌 무섭지 않았어?"

"무서웠죠. 제가 미친 것도 아닌데 안 무서웠을 리가 없잖아요."

"그럼 이미 공략 자료가 축적된 구간을 지날 때도 무서웠을 텐데, 왜 사전 정보가 전혀 없는 미개척 영역까지 공략한 거지?"

용우는 그 점을 이해할 수가 없었다.

그것은 공략할 능력이 있는가와는 완전히 별개의 문제였다.

공략하지 않아도 살아남아서 돌아올 수 있었다. 그런데 왜 굳이 목숨을 걸고 미지의 위험에 도전했는가?

유현애가 어깨를 으쓱했다.

"그거야 뭐, 아저씨도 알잖아요."

"아저씨라고 부르지 말라고 했던 것 같은데."

"아저씨, 아저씨, 아저씨, 아저씨, 아저씨……."

여기 와서 용우의 뜻에 따라서 이리 구르고 저리 구르는 시간이 계속되다 보니 유현애의 눈에 독기가 오르고 있었다.

용우는 그런 모습이 귀엽다는 듯 피식 웃고는 말했다.

"맘대로 불러라. 듣다 보니 별로 짜증 나는 호칭도 아니군."

"칫."

유현애가 재미없다는 듯 혀를 차고는 대답했다.

"각성자 튜토리얼에서는 왠지 강박관념에 등을 떠밀리는 기분이 들잖아요. 그래서 안전권에서 시간을 허비하는 게 굉장히 큰 스트레스였어요. 매일 밤 악몽을 꾸는 것 같은, 혹은 뒤에서 무서운 사람이 안 가면 죽여 버리겠다고 속삭이는 것 같은… 그런 기분이라 반쯤 자포자기하고 앞으로 나아갈 수밖에 없었죠. 근데 설마 아저씨는 안 그랬어요?"

"난 각성자 튜토리얼에 가본 적이 없어."

"음? 그럼 어떻게 각성자가 된 건데요?"

"내가 다녀온 곳은 각성자 튜토리얼하고는 좀 많이 다른 곳이지."

용우는 그렇게만 말했다.

어쨌든 유현애의 대답으로 용우가 그동안 어렴풋이 품고 있던 의문 한 가지가 풀렸다.

'아무리 전투에 적합한 정신의 소유자들이 소환된다고 하더라도, 그 모두가 목숨이 걸린 상황에서 안전권에 머물기보다는 앞으로 나아가길 선택한다는 건 이상한 일이지. 그 점에 대해서도 완벽하게 대책이 마련되어 있었다는 건가.'

참으로 악질적인 시스템이다.

개개인의 의사를 짓밟고 목숨을 건 게임에 내던지는 것으로도 모자라서 그 목숨을 아끼며 겁쟁이로 남는 것조차 허락하지 않다니.

'만든 놈들은 자기들이 세운 뜻을 위해서라면 자기랑 상관없는 사람들은 얼마든지 희생되어도 상관없다는 놈들이겠지.'

당장 유현애만 하더라도 프로 게이머의 꿈을 영영 잃지 않았는가.

누군가는 지금의 인생이 더 나은데 뭐가 불만이냐고 말할지도 모르겠다.

하지만 과연 그럴까?

헌터 일은 매 전투마다 죽음의 리스크를 져야 하고, 부상이나 전투 스트레스로 망가지는 사람이 수두룩한 일이다.

그런 헌터로서의 삶을 강요받는 것은, 과연 유현애에게 있어서 스스로의 재능을 증명하고 열정을 불태우던 프로게이머의 삶보다 나은 것일까?

'이 모든 것을 계획한 놈들… 반드시 찾아서 죽여 버린다.'

그런 놈들 때문에 자신의 여동생이 평생 잊지 못할 마음의 상처를 안게 되었다고 생각하니 화가 치밀었다.

문득 용우가 유현애에게 말했다.

"충분히 쉰 것 같으니 다시 시작하지."

"으아아……."

유현애가 또다시 찾아올 고통의 시간을 상상하며 울상을 지었다.

*   *   *

그렇게 시간이 지나서 3월 초가 되었다.

용우는 헌터 관리부로부터 일을 받아서 수송기에 탄 채로 브리핑 데이터가 들어 있는 태블릿을 보고 있었다.

그가 이번에 투입되는 전장은…….

'50미터급이라.'

인류의 힘으로 대적할 수 있는 한계점으로 불리는 존재, 7등급 몬스터가 출현한 게이트였다.

3

전 세계적으로 볼 때, 한국의 헌터 전력은 매우 강력한 축에 속한다.

퍼스트 카타스트로피 이후 초창기의 피해가 적은 편이었고, 일찌감치 시스템을 확립해서 타국을 앞서가기 시작했다.

국가별 헌터 전력은 세대를 거듭할수록 부익부 현상이 심화되고 있었고, 한국은 명백히 그 현상의 수혜를 입은 나라였다.

안정적으로 국토방위가 이루어지는 만큼 많은 자본이 몰려서 경제적으로도 큰 폭으로 성장을 거듭해 왔다. 지금의 한국은 확실히 경제 대국, 강대국의 반열에 이름을 올린 상태다.

하지만 그런 한국의 헌터 전력으로도 7등급 몬스터는 호락호락한 사냥감이 아니다.

"팀 용사냥꾼이라면 작년 업계 4위였나, 5위였나?"

용우는 헌터 관리부의 수송기에 몸을 실은 채로 물었다.

언제나처럼 그를 모시러 온 김은혜가 대답했다.

"5위였죠. 4위하고는 큰 차이는 아니었고요."

"그런 팀인데도 50미터급이 버거운 건가?"

한국 헌터 업계에서도 상위권을 차지한 팀 용사냥꾼이 50미터급 게이트 제압 작전에서 예상 이상의 피해를 입었다.

그래서 헌터 관리부를 통해서 용우, 정확히는 제로에게 긴급 지원 의뢰가 들어온 것이다.

김은혜가 말했다.

"50미터급은 솔직히… 좀 애매해요."

50미터급 게이트는 7등급 몬스터의 출현 가능성이 반반이다.

6등급 몬스터만 나올 수도 있고, 7등급 몬스터가 1개체 나올 수도 있는 애매한 규모인 것이다.

"7등급이 나오는 경우에는 확실하게 공략할 수 있는 건 팀 크로노스와 팀 블레이드, 그리고 팀 이그나이트까지죠."

업계 1, 2, 3위 업체의 최정예 부대만이 7등급 몬스터 공략을 확실하게 해낼 전력을 갖추고 있다는 뜻이었다.

"용사냥꾼은 실적을 올리는 데 꽤 열을 올리고 있는 곳이에요. 재정이 빵빵해서 팀 전력 상승을 위해 엄청 돈을 썼고, 꽤 빠르게 입지가 상승해 왔어요."

용사냥꾼은 퍼스트 카타스트로피 전부터 역사를 이어온 재벌 그룹의 자회사였다. 7년 전에 설립해 엄청난 자금을 투입해 가면서 연간 실적 랭킹 5위까지 상승해 왔다.

"그들이 이번에 50미터급 제압 작전을 맡은 것은 일종의 도전이었어요."

7등급 몬스터가 출현한 50미터급 게이트 제압 작전에 성공한다면 그들의 위상은 현격히 올라간다. 진정한 의미에서 업계 최정예라는 평가를 획득하는 것이다.

"헌터 관리부 측에서도 허락해 줄 만하다고 평가해서 허락해 준 거긴 해요. 일단 작년에 45미터급을 피해 없이 제압한 실적도 있고, 이번 50미터급 게이트는 게이트 브레이크까지의 시간이 상당히 넉넉한 편이었거든요."

그러나 뚜껑을 열어보니 그들에게는 아직 너무 일렀다는 것이 판명되었다.

현재 그들은 크나큰 타격을 입고 사태 수습에 들어가 있었다.

"2부대를 추가 투입해서 게이트 안의 전선을 유지하는 것까지는 알겠는데… 이미 부상자들 다 끌고 나온 상황이잖아?"

팀 용사냥꾼은 3개 부대로 구성되어 있었다.

2군이라고 할 수 있는 2부대를 추가 투입해서 1부대의 부상자들을 구조하고 전열을 재정비하는 작업까지는 끝냈다는 점에서 업계 상위권 팀다운 저력을 엿볼 수 있었다.

"지금 내가 투입되는 의미가 있나? 확실하게 7등급 몬스터를 잡을 수 있는 최정예 부대를 투입해야지?"

"그쪽은 일찌감치 협상에 들어갔어요. 당신에게 의뢰를 넣은 건 언제나처럼 소방수 역할을 해달라는 거죠."

"설마 나보고 자기들이 협상 마치고 구원 부대를 투입할 때까지 7등급 몬스터를 상대로 시간벌이라도 해달라는 건 아니겠지?"

"그거 맞아요. 단, 당신 혼자서 하는 건 아니고 1부대의 생존자들을 도와달라는 소리죠."

"7등급이라… 어쩐지 조건이 평소보다 많이 높다 했더니만 그래서였나."

용우가 피식 웃자 김은혜가 조심스럽게 물었다.

"괜찮겠어요? 갑자기 50미터급, 그것도 7등급이 출현한 게이트인데?"

지구로 돌아온 후로 용우가 참가한 가장 규모가 큰 작전은 35미터급 게이트 제압 작전이었다.

용우는 제로의 가면을 쓰고 참가한 매 전투마다 압도적인 활약을 보여왔지만, 그 활약은 5등급 이하 몬스터들만을 대상으로 한 것이다.

작년에 팀 블레이드 2부대를 구원했을 때, 암석거인이 큰나무장로를 포식하고 6등급 수준으로 파워업한 것을 경험하기는 했다.

하지만 그 경험을 6등급 몬스터 사냥 실적으로 쳐도 7등급은 용우가 전혀 경험해 보지 못한 영역이다. 그래서 헌터 관리부 측에서는 좀 불안해하는 시각도 있는 모양이었다.

"괜찮아."

하지만 용우는 태연했다.

*　　　　　*　　　　　*

용우와 김은혜가 목적지에 도착했을 때, 현장의 분위기는 예상했던 것과는 달랐다.

경험상 지금쯤이면 게이트 바깥의 분위기는 전쟁터를 방불케 해야 정상이었다.

그런데 이곳의 분위기는 그렇지가 않다. 다들 혼란스러워하며 술렁거리는 분위기였다.

'뭔가 일이 나나 본데……'

곧 사정을 알아보러 달려갔던 김은혜가 돌아왔다.

"맙소사. 나왔대요."

"뭐가?"

"고스트가요."

"……"

용우는 잠시 말문이 막혔다.

고스트.

인류가 감당할 수 없는 전장에, 죽은 자의 시신에 빙의하여 출현하는 수수께끼의 구원자들.

그들이 이 전장에 나타났단 말인가?

"출현 후 10분이 지났고 현재… 5등급 몬스터 2개체를 격파하고 코어 몬스터인 7등급 몬스터와 교전 중이라는군요."

용우는 그제야 현장의 분위기를 이해할 수 있었다.

정체불명의 존재가 나타나서 헌터 업계의 상식을 초월한 힘으로 게이트 내부의 전황을 뒤집어 버리고 있다. 다들 당황할 수밖에 없었다.

용우는 주변을 휘 둘러보고는 말했다.

"진입하겠어. 뒷일은 맡기지."

"괜찮겠어요? 지휘부는 완전히 넋이 나간 분위기인데……."

"유령의 얼굴을 좀 봐야겠어."

용우는 그렇게 말하고는 게이트로 다가갔다. 팀 용사냥꾼에서는 전술 시스템에 등록되지 않은 인원이 게이트로 진입하려고 하자 당황했지만, 용우는 그들이 제지하기도 전에 게이트로 진입해 버렸다.

*   *   *

게이트 안으로 들어가자마자 마주한 것은 사람들이었다.

헌터들이 장비들을 들여놓은 캠프에서 바쁘게 움직이고 있었다.

"케이블 교대하러 온 건가? 바로… 음?"

성큼성큼 걸어오는 용우를 본 헌터들이 움찔했다.

그들이 물었다.

"당신, 누구야?"

"제로. 긴급 지원 요청을 받고 왔다."

"아, 당신이 그……."

헌터들이 고개를 끄덕일 때였다.

콰아아아앙!

10킬로미터 저편에서 굉음이 울려 퍼졌다.

섬광이 하늘로 치솟으면서 주변이 뒤흔들린다.

콰콰콰콰콰……!

그리고 어둠이 해일처럼 일어 올라서 주변을 휩쓸었다.

용우가 물었다.

"고스트는 암흑거인과 교전 중인가?"

이 게이트에 출현한 7등급 몬스터는 암흑거인이었다.

그것은 어둠 그 자체로 이루어진 것 같은, 키가 30미터에 달하는 실루엣이다. 인간을 닮았지만 어깨가 과도하게 넓고, 팔이 길며 다리는 짧다. 얼굴에는 아무것도 없는 것 같지만 공격을 개시하면 초등학생이 낙서한 것처럼 눈코 입이 삐뚤빼뚤하게 생겨났다 사라지는 괴물이다.

"그래. 이 포인트에서 싸우고 있어. 그러니까 이 부근에는 접근하지 말고, 이쪽에서 우리 부대원들이 여기랑 여기서 6등급 2개체하고 교전 중이니까 그쪽을 도와줘."

서포터의 말에 용우는 고개를 끄덕이고는 전술 데이터를 공유했다.

'6등급 2개체라.'

전술 데이터를 보니 게이트 내부에는 6등급이 3개체나 있었다. 그중 하나는 사냥에 성공했고 이제 2개체가 남아 있는 상황이다.

'마음 같아서는 알아서 하라고 하고 저쪽으로 직행하고 싶지만……'

긴급 지원을 요청받고 온 입장에서 그래서는 안 될 일이다.

'돈 받는 만큼은 해야지.'

용우는 불려온 의무만큼은 다하기로 했다.

"사륜 바이크를 내줄 테니까 그걸 타고……"

서포터가 말할 때였다.

우우우우……!

갑자기 용우를 중심으로 오싹한 느낌이 퍼져 나갔다.

눈을 감자 용우의 시야가 급격히 변화한다.

자기 자신을 제삼자의 입장에서 바라보는 것처럼 변하더니 엄청난 속도로 확장되어 갔다. 마치 아득히 높은 곳에서 굽어

보는 것처럼.

그리고 어느 순간, 그 시야가 다시 한 지점을 향해 확대되기 시작했다.

'저기군.'

용우는 6등급 몬스터 메탈 드레이크가 있는 공간 좌표를 확보하고 스펠을 발동했다.

—텔레포트!

블링크와는 달리 초장거리 도약이 가능한 공간 간섭계 스펠이 발동, 용우의 몸이 단번에 6.3킬로미터 떨어진 암벽 위에 나타났다.

'확실히 마력 소모가 좀 있긴 해.'

텔레포트는 사실상 도약거리의 제약이 없다. 같은 행성 위라면 어디든 갈 수 있으며 공간 이동시에는 블링크와 거의 비슷한 수준의 마력만을 소모한다.

그러나 이 스펠은 좌표 탐지 능력과 공간 이동 능력이 세트화된 스펠이며, 넓은 범위를 탐지하여 공간 좌표를 설정하는 과정에서의 마력 소모가 컸다.

대신 사전에 인물 혹은 위치를 좌표점으로 삼아서 설정을 마쳐둔다면 아무리 먼 거리라고 하더라도 약간의 마력 소모만으로 갈 수 있는, 사기적인 효과를 자랑했다.

[뭐야? 무슨 일이야?]

[갑자기 6.3킬로미터 밖에? 고장 났나?]

서포터들이 당황한 소리가 무전으로 울려 퍼졌다.

"여기는 제로, 고장이 아니다. 현재 B—12 포인트에 와 있다."

[제로? 당신 대체 뭘 한 건가?]

"메탈 드레이크 사냥을 지원하겠다. 저격할 테니 충격과 굉음에 대비하도록."

용우는 무전으로 날아드는 의문을 싹 무시하고 선언했다.

그리고 아공간에서 개인화기라기에는 너무나 거대한 대(對)몬스터 저격총, 제우스의 뇌격을 꺼냈다.

철컥!

탄창의 증폭 탄두를 관통력 중시형으로 세팅하고 엎드려쏴 자세로 조준한다.

거리는 700미터.

용우 쪽이 훨씬 고지대에 올라와 있는 데다가 메탈 드레이크는 헌터들과의 전투에 정신이 팔려 있다. 또한 이 게이트 내부 필드의 천장은 5킬로미터 높이라 부유 중계기가 8개나 떠 있어서 저격 지원의 정밀도도 대단히 높았다.

저격수가 활약하기에는 완벽한 조건이었다.

'허공장은 거의 다 깎아놨군. 확실히 실력은 좋은 팀이다. 이 정도로 약해졌으면 저격만으로도 튕겨내고 밀어내는 건

가능하겠는데?'

용우는 전자식 스코프가 조준을 마치길 기다리면서 메탈 드레이크를 관찰했다.

메탈 드레이크는 전신이 금속성 비늘로 뒤덮인 도마뱀형 몬스터다.

땅에 납작 엎드린 자세임에도 체고가 6미터에 달하고 전체 몸길이는 40미터를 넘으며 입에서는 화염방사기의 불처럼 타깃에게 달라붙어서 오랫동안 불태우는 점착성 화염을 뿜는다.

콰콰콰콰콰콰!

그리고 꼬리에는 고열의 에너지를 방출하는 기관이 딸려 있다. 꼬리를 한번 휘둘러서 주변을 후려치는 것만으로도 범위가 초토화된다.

용우는 메탈 드레이크가 꼬리를 휘두르는 순간 방아쇠를 당겼다.

─염동뇌격탄(念動雷擊彈)!

푸른 섬광이 극초음속으로 발사되었다.

꽈아아아아앙!

잔뜩 힘을 실은 일격을 날린 직후에 꽂힌 저격이 메탈 드레이크를 옆으로 밀어내었다. 뿐만 아니라 한쪽 다리가 붕 떠오르는 게 아닌가?

"뭐, 뭐야?"

메탈 드레이크를 상대하고 있던 팀 용사냥꾼의 헌터들이 경악했다.

그들 또한 주변에 저격수를 배치해 두고 지속적으로 저격을 가하고 있었다. 하지만 방금 전, 용우의 저격은 다른 저격수들과는 차원이 다른 위력이었다.

[한 발 더 간다. 충격과 굉음에 대비하도록.]

용우는 무전으로 짧게 말하고는 같은 스펠로 저격했다.

쫘아아아아아앙!

옆으로 기우뚱했던 자세를 바로잡지 못했던 메탈 드레이크가 그 일격으로 벌러덩 넘어갔다.

좀처럼 볼 수 없는 광경이었다. 메탈 드레이크는 무게중심이 낮아서 뒤집어지는 경우가 드물었다.

전력으로 꼬리를 휘두른 직후, 밸런스가 무너진 순간을 충분한 위력으로 노렸기에 만들 수 있었던 상황이다.

[계속 간다.]

용우는 일방적으로 통보하고는 다시금 방아쇠를 당겼다.

쫘아아아아앙!

메탈 드레이크가 뒤집어진 채로 미끄러져 가다가 요란한 소리를 내면서 암벽에 처박혔다.

'역시 6등급.'

염동뇌격탄은 염동충격탄보다 고위 스펠로 위력은 물론이고 뇌격 속성에 특화되어 있다는 점에서 대단히 강력하다. 충격으로 표면을 파괴할 뿐만 아니라 뇌격이 타깃 안쪽까지 침투해 들어가는 것이다.

그런데 그런 스펠을 최대 용량의 증폭 탄두로 3발이나 때려 넣었는데도 허공장이 완전히 뚫리지 않았다.

'하지만 뒤집어놨으니 반은 끝났어. 일어나기 전에 처리한다.'

용우는 2발을 추가로 쏘고는 블링크로 공간을 뛰어넘었다.

그리고 뒤집어진 채로 버둥거리고 있는 메탈 드레이크 위쪽 50미터 지점에 나타나서 아래쪽으로 총을 겨누었다.

―염동뇌격탄(念動雷擊彈)!

꽈아아아아앙!

이 거리라면 조준할 것도 없다.

용우는 계속 블링크를 써서 고도를 유지하면서 5발의 저격을 추가로 가했다.

그 광경을 본 헌터들이 경악했다.

"맙소사! 뚫린다!"

그들은 지금까지의 전투로 메탈 드레이크의 허공장을 70% 이상 깎아내었다.

용우가 단 3발의 저격으로 메탈 드레이크를 발라당 뒤집어놓을 수 있었던 것도 그런 작업이 있었던 덕분이다.

거기에 용우가 완벽한 포지션을 잡고 동일한 위력의 공격 5발을 더 때려 넣자 마침내 메탈 드레이크의 허공장에 구멍이 발생했다.

'간다.'

용우는 총열이 달아오른 제우스의 뇌격을 아공간에 넣고는 대신 다른 무기를 꺼냈다.

길이 5미터, 중량 49킬로그램에 달하는 꼬챙이 형태의 랜스.

돌격창.

용우는 돌격창을 쥔 채로 수직 각도로 낙하했다.

―초열투창(焦熱投槍)!

동시에 신체 능력이나 투창 기술을 초월하여 창을 '발사'해 주는 스펠이 발동되었다.

콰아아아아아!

굉음이 헌터들의 청각에 도달했을 때는 이미 돌격창이 목표 지점을 강타한 후였다.

"말도 안 돼⋯⋯!"

그 광경을 본 팀 용사냥꾼의 헌터들은 자기가 꿈을 꾸고 있는 게 아닌가 의심했다.

용우가 발사한 돌격창이 메탈 드레이크의 허공장을 꿰뚫고 그 몸에 꽂혔던 것이다.

작년의 구 DMZ 전투에서 악마숲의 허공장을 뚫었을 때와 동일한 패턴이었다.

하지만 그때와는 위력이 전혀 달랐다. 지금의 위력이었다면 악마숲의 허공장을 뚫는 것에서 그치지 않고 몸속 깊숙하게 박혀 버렸을 것이다.

키에에에에에!

메탈 드레이크가 비명을 지르며 몸을 뒤틀었다.

다시금 블링크로 그 자리를 이탈한 용우가 무전으로 말했다.

"허공장은 뚫었다. 나머지 공략은 맡겨도 되겠지?"

[…….]

메탈 드레이크와 교전 중이던 헌터들은 물론이고 관측 장비로 상황을 지켜본 서포터들도 다들 할 말을 잃어버렸다.

'간다.'

용우는 그러거나 말거나 다시금 텔레포트 스펠을 발동, 그 자리에서 사라졌다.

'고스트!'

용우는 스스로도 설명할 수 없는 감정을 품은 채로 고스트가 있는 곳으로 향했다.

7등급 몬스터, 암흑거인.

그것은 생물학적으로 이해할 수 있는 존재가 아니다.

피와 살로 이루어진 존재가 아니기 때문이다.

피는 없다. 살도 없다. DNA도 없다.

있는 것은 그저 물리적 질감을 갖도록 변형된 에너지 덩어리일 뿐.

생물학뿐만 아니라 퍼스트 카타스트로피 이전의 과학 이론으로는 이 존재를 설명하는 게 불가능했다.

아아아아아……!

그 괴물의 얼굴에 마치 어린아이가 낙서한 것 같은 눈코 입이 나타난다. 벌려진 입에서 노랫소리처럼 들리는 굉음이 울려 퍼지면서…….

콰아아아아아!

그 몸을 감싸고 있던 어둠의 부피가 수천 배로 폭증했다.

마치 물이 일순간에 기화되는 수증기 폭발과도 비슷하다. 일순간의 폭발력만으로도 주변을 휩쓸어 버릴 수 있다.

이 어둠 폭풍이 수증기 폭발과 다른 점은 불가사의한 오염을 일으킨다는 데 있었다.

폭발에 휘말린 것들이 부서지면서 어둠 그 자체로 변해 버린다. 그리고 그렇게 형성된 어둠이 다시 암흑거인에게로 흡수되어서 손실된 에너지를 보충한다.

그런데 그 어둠을 뚫고 나아가는 존재가 있었다.

환하게 불타오르는 빛이 어둠을 갈가리 찢는 가운데 순백의 갑옷을 입은 존재가 위풍당당하게 걸어가고 있었다.

〈슬슬 이 전투가 지겨운 반복 작업에 불과하다는 걸 이해해 주지 않겠나, 몬스터?〉

목소리 대신 정신파로 말하는 그 존재는 과장되고 화려한, 마치 게임에 등장하는 캐릭터 같은 디자인의 갑옷을 입고 있었다.

순백의 표면 위로 황금과 백은으로 복잡한 패턴의 무늬를 양각(陽刻)해 넣은 데다가 머리에는 날개 모양의 장식이 조각되어 있다.

우우우우우!

그리고 그 손에는 눈부신 빛을 발하는 검이 들려 있었다.

—용참격(龍斬擊)!

검날을 휘감고 타오르는 섬광이 순식간에 거대해져 간다. 길이만도 20미터가 넘는 빛의 검이 암흑거인을 가르고 지나갔다.

흐아아아아아!

그 일격은 암흑거인의 허공장을 뚫고 암흑거인의 본체까지 갈라 버렸다. 어둠 그 자체로 이루어진 거인의 실루엣에 눈부신 빛의 궤적이 그어져 있는 광경은 몽환적이기까지 했다.

가아아아아아아!

그러나 암흑거인은 죽지 않는다.

순식간에 그 덩치가 수축되면서, 다른 곳을 이루고 있던 어둠이 상처 부위를 메꿔 버렸다. 갈라졌던 허공장 역시 복구되었다.

이미 몇 번이나 반복된 패턴이다. 그 결과 30미터를 넘었던 암흑거인의 키가 18미터까지 줄어들었다.

콰콰콰콰쾅!

순백의 고스트가 연달아 공격을 가한다.

검을 휘두를 때마다 거대한 빛의 칼날이 쏘아져 나가고, 원거리 공격 스펠이 연속적으로 폭발한다.

도저히 단 한 명이 가하는 공격이라고 믿어지지 않는 압도적인 폭력이다.

인류가 사냥할 수 있는 한계점이라고 불리는 7등급 몬스터를 일방적으로 두들겨서 침몰시켜 가고 있었다.

크아아아아아아!

그 전투 과정을 지켜보면 암흑거인이 내지르는 소리는 더이상 공포스러운 포효가 아니다. 애처로운 비명이 불과했다.

덩치가 17미터까지 줄어든 암흑거인이 재차 어둠 폭풍을 일으키려는 순간이었다.

―염동염마탄(念動炎魔彈)!

고열을 응축한 붉은 에너지탄이 날아와 암흑거인의 머리를 때렸다.

콰아아아앙!

폭음이 울리며 암흑거인이 옆으로 기우뚱했다.

그리고 한 발로 그치지 않는다.

꽝! 꽈광! 꽈아아앙!

연속적으로 날아든 에너지탄이 암흑거인의 머리통을 부수고 어둠으로 이루어진 거체를 옆으로 주저앉혔다.

순백의 고스트가 고개를 돌렸다.

〈그래. 허공장도 너덜너덜하게 만들어놓은 타이밍이면 그 정도 위력으로도 정타로 꽂히는군.〉

그의 시선이 닿은 곳에는 소총을 든 용우가 서 있었다.

용우가 순백의 고스트를 노려보며 말했다.

"광휘의 검."

꿈에도 잊을 수 없는 모습이었다.

어비스에서 인간의 목숨을 대가로 삼아 전장에 강림했던 성좌의 아바타.

그중에서 순백의 고스트는 광휘의 검이라 불리는 성좌에서 내려온 자였다.

〈0세대 각성자. 이렇게 만나게 될 줄이야.〉

"나를 아나?"

〈물론 알고 있다. 대실종의 유일한 생존자. 어비스의 귀환자.〉

"……."

용우가 탐색하듯 순백의 고스트를 바라볼 때였다.

구과과과과과!

그새 머리를 복원하고 일어난 암흑거인이 공격을 가해왔다.

광풍이 주변을 휩쓸면서 어둠이 안개처럼 퍼져 나간다.

그리고 그 속에서 무수한 괴물의 실루엣이 나타나기 시작했다.

암흑거인의 또 다른 능력, 그림자 군단이었다.

"짜증 나는군."

용우가 노골적으로 투덜거리면서 소총을 갈겼다.

그러나 그의 총구가 향한 곳은 그림자 군단이 아니다.

퍼엉! 퍼어어어엉!

그림자 군단을 싹 무시하고 암흑거인 본체를 때리고 있었다.

그림자 군단이 그런 용우를 향해 쇄도하지만 무의미했다.

용우는 그들을 놀리듯이 블링크로 위치를 바꿔가면서 계속 암흑거인 본체를 때렸다.

위력적인 원거리 무기와 공간 이동이라는 최고의 회피 수단을 가졌는데 굳이 눈앞의 적들에게 집착할 이유가 어디 있겠는가?

〈0세대 각성자, 멀리 떨어지도록. 끝을 내겠다.〉

거듭 타격을 입은 암흑거인의 덩치가 10미터까지 줄어들자 순백의 고스트가 말했다.

그가 광휘의 검을 들어 올리자 사방을 찍어 누르는 것 같은 무시무시한 마력 파동이 퍼져 나갔다.

'이 출력은……!'

용우는 오싹함을 느꼈다.

순백의 고스트가 발하는 마력 파동은 이미 인류의 한계라고 일컬어지는 페이즈12의 수준을 아득히 뛰어넘었다.

6등급… 아니, 어쩌면 7등급 몬스터 이상일지도 모른다!

'이 정도면 우리들의 후반기에 필적하는 수준이다. 하지만……'

용우는 어비스의 기억을 되새기며 눈살을 찌푸렸다.

—선다운 버스트!

용우가 위험을 감지하고 연속 블링크로 물러날 때, 하늘에서 한 줄기 가느다란 섬광이 떨어져 내렸다.

그리고 그 섬광이 암흑거인에게 닿는 순간…….

콰아아아아아아!

눈이 멀어버릴 것 같은 섬광이 대폭발을 일으켰다.

*   *   *

잠시 동안 모든 무전이 침묵했다.

20초가 지난 후에야 잔뜩 노이즈가 낀 무전이 들려오기 시작했다.

[지직……. 부유 중계기 3, 4번 침묵. 추락한 것으로 추정됩니다. 지지직…….]

[암흑거인… 지지직… 코어 에너지 반응 소멸… 지지지지직!]

[바, 방금 전… 지지직… 대체 뭐… 지지지직!]

물리적으로만 봐도 벙커 버스터의 위력을 아득히 능가하는 대폭발이었다.

그런데 그게 스펠을 발동한 결과물이라 암흑거인을 끝장내버렸으니 기가 막힌다.

쿠구구구…….

용우는 움푹 파인 지형으로 들어가서 충격파와 후폭풍을 피했다.

그리고 다시 지상으로 올라와 고스트를 찾았다.

'데이터 네트워크도 회복되려면 좀 시간이 걸리겠군.'

무전만이 아니라 전술 데이터를 전송하는 네트워크 자체가 회복까지 시간이 걸릴 모양이다.

　용우는 어쩔 수 없이 마력 소모가 큰 광역 탐지 능력을 발해서 순백의 고스트의 위치를 찾았다.

　'찾았다.'

　순백의 고스트는 폭심지에서 얼마 떨어지지 않은 곳에 있었다.

　용우가 텔레포트로 나타났을 때, 그는 암흑거인의 코어를 아공간에 집어넣고 있었다.

　'시공의 보물고도 갖고 있군.'

　용우가 그 사실을 확인했을 때 그가 말했다.

　〈여긴 아직 위험한데.〉

　확실히 폭심지에서 가까운 지점이라 열기가 끓어오르고 폭연이 자욱했다. 일반인이라면 여기로 텔레포트해 온 시점에서 피부가 익어버리고, 호흡기가 불타 죽었을 것이다.

　하지만 용우는 헌터용 배틀 슈트로 전신을 감싸고 있는 데다 허공장으로 스스로를 보호하고 있었다.

　여러 차원에 걸쳐 있는 허공장의 효과는 일종의 현실 왜곡에 가깝다. 허공장만 펼치고 있으면 어떤 환경에서도 생존이 가능한 것이다.

　8등급 이상의 몬스터들이 핵폭탄 혹은 레이저 수소폭탄을 맞고도 끄떡없는 것도 그래서였다.

"너희들은 누구지? 성좌의 아바타와 어떤 관계냐?"

〈나야말로 물어보고 싶군. 0세대 각성자, 너는 누구지? 어떻게 어비스에서 돌아왔나?〉

"……"

질문을 질문으로 돌려받은 용우의 전신에서 살기가 뿜어져 나왔다.

순백의 고스트가 한 걸음 물러나며 말했다.

〈나는 너와 적대하고 싶지 않다. 우리의 목적은 몬스터로부터 인류를 지키는 것이고, 너는 그 목적에 큰 도움이 될 인물이니까.〉

"인류를 지킨다라… 거창한 이유를 대는군."

용우가 눈을 가늘게 떴다.

전신에서 일어났던 살기는 거짓말처럼 날카롭게 갈무리되고, 냉정을 되찾은 눈이 순백의 고스트를 관찰한다.

참으로 겉이 번드르르한 이야기다.

그러나 용우는 순백의 고스트가 저런 말을 할 자격은 있다고 생각했다. 어쨌든 그들이 지난 13년간 역사의 이면에서 인류의 파멸을 막아왔다는 것만은 사실이니까.

순백의 고스트가 검지를 들어 보이며 말했다.

〈좋아. 적의를 갖지 않았다는 걸 증명하는 의미에서, 한 가

지 질문에는 답해주겠다.〉

"어비스에 대해서 뭘 알고 있지?"

〈이 모든 전쟁의 시작이다.〉

"전쟁의 시작?"

예상치 못한 대답에 용우가 눈살을 찌푸렸다.

〈그 안에서 무슨 일이 있었는지, 우리는 자세하게 알지는 못한다. 아마 네가 더 잘 알겠지.〉

"……."

〈우리가 알고 있는 것은 그곳이 전장이었다는 것. 그리고 너희들이 어비스에서 싸운 것들은, 지구가 맞닥뜨리게 될 재앙들이었다는 것이다.〉

"뭐?"

용우가 깜짝 놀랐다.

〈대실종의 실종자들은 몬스터들이 게이트라는 현상을 통해 지구에 도달하기 전에 요격하기 위해 투입된 선행 부대였던 셈이다. 당신들이 어비스에서 해치운 만큼 지구에 도달한 몬스터의 수가 줄어들었다.〉

"……."

용우는 충격으로 할 말을 잃었다.

어비스에서의 싸움에 그런 의미가 있었단 말인가?

'그래서 철저하게 전투 자원으로 소모된 건가?'

지구로 향하는 몬스터 군단을 하나라도 더 처치하는 것이 목적이었기 때문에?

"…그건 누가 결정한 거지?"

〈우리도 모른다.〉

"그 말을 믿으라는 건가?"

〈믿든 안 믿든 그건 너의 자유다. 하지만 나는 진실을 말하고 있다. 우리는 이계로부터 전해진 성좌의 힘에 선택받아 구세록의 예언을 행하고 있을 뿐.〉

"구세록?"

순백의 고스트는 거기에 대해서는 설명하지 않았다.

〈각성자 튜토리얼에 소환되는 이들이 특정한 인간의 의지가 선택한 자들이 아니듯, 대실종으로 어비스로 사라진 이들 또한 마찬가지였다.〉

그는 자신이 소환되는 인간의 선별과는 관계가 없음을 강조했다.

〈구세록의 예언에는 아무도 돌아오지 못할 싸움이라고 기록되어 있었는데 네가 돌아왔지. 우리는 그 사실에 놀라고 있다.〉

"……"

〈우리는 너를 지켜볼 것이다…….〉

그 말을 끝으로 순백의 고스트가 사라졌다.

용우는 그가 텔레포트로 사라졌음을 알고 주변을 탐지해 보았다.

'저긴가.'

이렇게 쉽게 보내줄 수는 없다.

용우는 그런 생각으로 곧바로 텔레포트를 써서 따라갔지만……

"이런 식으로 출현하고 사라지는 거였나."

순백의 고스트가 입고 있던 갑옷이 조각조각 부서져서 허공으로 흩어져 가고, 대신 거기에 피투성이가 된 남자의 시체가 무너져 내리듯 쓰러졌다.

7등급 몬스터인 암흑거인을 처치한 시점에서 자신의 일을 다 했다고 판단한 것이리라.

굳이 텔레포트로 멀찍이 떨어진 곳으로 이동한 것은 용우를 피하기 위한 목적과, 시신을 더 이상 훼손시키지 않고 온전히 돌려주기 위함이었다고 추측되었다.

'아무래도 전장에서 꼬리를 잡긴 어렵겠군. 제압해 놓고 접촉해서 조사해 보지 않으면 연결 고리를 추적하는 건 안 될 것 같은데.'

용우는 허공으로 흩어져 소멸하는 고스트의 기척을 보며 생각했다.

"설령 우리의 싸움에 그 어떤 숭고한 의미가 있었다고 해도……."

순백의 고스트가 말해준 어비스의 의미가 머릿속에서 되살아났다. 그에게서 하나라도 정보를 캐내기 위해 억누르고 있던 분노가 맹렬하게 일어나기 시작했다.

구구구구구……!

용우의 감정에 호응한 주변이 들썩거린다.

"그건 24만 명을 지옥으로 처넣고 어디선가 구경하면서 웃고 있었던 개자식이 멋대로 부여한 의미일 뿐이다. 우리들은 누구도 그런 걸 바라지 않았어……!"

저편을 바라보며 중얼거리는 용우의 눈에는 용암처럼 뜨거운 분노가 흐르고 있었다.

그곳은 지옥이었다.

모두가 죽어가야만 하는, 그리고 서로를 죽여야만 하는 세계였다.

'반드시 찾아내서 죽인다.'

설령 그 대가로 세상이 멸망한다 해도, 용우는 그렇게 하고 말 것이다.

[제로, 응답하라.]

분노에 빠져 있던 용우를 일깨운 것은 지휘부에서 날아든 무전이었다.

"여기는 제로. 듣고 있다."

용우는 지휘부의 요청을 받으면서 문득 한 가지 의문을 떠올렸다.

'그런데 그놈의 기척은 분명히 어디선가…….'

순백의 고스트의 기척은 낯설지가 않았다.

그리고 용우가 낯설지 않다고 느꼈다면 그 이유는 두 가지다.

기척이 닮은 누군가를 만났거나, 혹은…….

Chapter13

1세대 각성자

1

팀 용사냥꾼의 50미터급 게이트 제압 작전에 대해서는 대대적으로 보도가 되었다.

물론 언론이 보도하는 내용은 진실과는 거리가 멀었다.

고스트의 존재는 물론이고 제로의 존재도 언급되지 않았으니까.

〈팀 용사냥꾼이 몇 명의 전사자를 내는 큰 피해를 입기는 했지만 결국 7등급 몬스터를 포함한 50미터급 게이트 제압에 성공했다.〉

그런 거짓으로 점철된 기사가 나갔을 뿐이다.

물론 이것은 팀 용사냥꾼이, 정확히는 그들의 모기업인 재벌 그룹에서 손을 쓴 결과였다. 비록 그들이 작전에서 목표했던 바는 실패했지만 이미지라도 챙기겠다는 뜻이다.

용우 입장에서는 그러거나 말거나 아무런 신경을 쓰지 않았다.

원래부터 대중의 관심이나 명예에 관심이 없는, 아니, 제발 그런 것과 인연이 없기를 바라고 있었으니까.

그리고 팀 용사냥꾼은 역시 뒤가 켕겼는지 정산금을 계약 내용보다 50%나 높게 책정해서 입금했기에 용우로서는 불만을 가질 이유가 없었다.

*　　　　　*　　　　　*

한편 유현애의 예정에 없던 휴식은 의외로 금방 끝이 났다.

팀 반도호랑이 입장에서 유현애는 막대한 자금을 투자해서 영입한 기대주다. 원래대로라면 그녀를 놀려두는 일 따위는 없었어야 했다.

그러나 지금은 상황이 특수했다.

유현애가 소속되었던 1부대는 장시간 휴식을 취하면서 리

빌딩에 들어가야 할 정도로 큰 타격을 입었다.

그렇다고 유현애를 2부대나 3부대에 넣어서라도 작전에 투입하자니 굉장히 꺼림칙한 문제가 하나 남아 있었다.

아티팩트 보유자가 지휘관 개체를 출현시키는 조건인가 하는 문제가.

이 문제가 해결된 것은 3월 중순 무렵이었다.

경기도 일산에서 발생한 25미터급 게이트에서 새로운 지휘관 개체가 출현했기 때문이다.

그것으로 지휘관 개체의 출현이 유현애의 존재와 상관없다는 것이 밝혀졌다.

유현애가 써먹을 수 없는 폭탄이 되는 게 아닐까 우려했던 팀 반도호랑이 입장에서는 최고의 결과였다.

그러나 헌터 업계에 있어서는 좋지 못한 결과였다.

몬스터와의 전쟁이 새로운 단계로 나아갔다는 의미였기 때문이다.

*   *   *

그리고 이 무렵, 김은혜가 용우를 찾아왔다.

"용우 씨를 보고 싶어 하시는 분이 계시는데, 한번 방문해 주실 수 없을까요?"

"찾아오는 것도 아니고 나보고 오라고? 누구길래 그렇게 태도가 거만해?"

"권희수 박사님이요."

용우가 고개를 갸웃했다.

"그게 누군데?"

"한국 게이트 재해 연구소의 부소장님이죠."

"국가 연구소의 높으신 분인가?"

"네. 참고로 증폭 탄두를 만들어낸 특허 보유자이기도 해요."

"증폭 탄두를?"

그 말에는 용우도 놀랄 수밖에 없었다.

용우가 생각하기에 증폭 탄두는 각성자용 장비 중에서도 최고의 걸작이었다.

그 가치는 장거리 공격 스펠들을 총이라는 현대 무기를 통해서 쓸 수 있게 만들어준다는 것에서 비롯된다.

스펠의 위력은 탄두의 용량에 따라서 2~5배까지 늘어나며 사거리도 탄두의 성질에 따라서 최대 5배까지 길어진다.

거기에 맨몸일 때는 불가능했던, 제대로 조준하고 쏘는 기술은 장거리 사격 시의 정확도를 엄청나게 올려주기까지 했다.

따라서 인류의 대(對)몬스터 전술은 반응 탄두 이전과 이후로 나뉜다고 해도 과언이 아니었다.

"그것 말고도 마력 시술의 원천 기술과 마력 포션의 조합식을 개발한 것으로도 유명해요. 한국이 자랑하는 천재 과학자죠."

"굉장하군. 그런 사람이 왜 소장이 아니라 부소장인데?"

"나이가 워낙 젊은 데다 정치력하고는 담을 쌓은 분이라서요."

심플하면서도 납득이 가는 이유였다.

"그리고 본인도 조직 관리자 노릇하기 싫어하세요. 연구 시간 잡아먹는 걸 질색하는 분이라. 그리고 직급과는 상관없이 어차피 언터처블이고."

"과연."

"어쨌든 그분이 용우 씨가 연구소로 와주셨으면 해서요."

"정확한 용건이 뭔데?"

"지휘관 개체와 싸웠을 때의 일에 대해서 좀 물어보고 싶은 게 있으시다고……."

"그러니까 연구 협력을 해달라는 거군?"

"뭐, 그렇죠."

"흥미가 생기긴 하지만… 거절하지."

"어, 어떻게 좀 안 될까요?"

김은혜의 표정이 간절해지자 용우가 코웃음을 쳤다.

"누구 때문에 감금되어서 모르모트 신세가 될 뻔한 기억이 있어서 그런가, 연구 협력이라니 영 내키지 않네. 며칠 전 전투에서 말도 안 되는 요구 다 들어주고 자료도 다 제공해 줬잖아? 그걸로 만족하시지."

"으윽……."

약점을 찔린 김은혜가 울상을 지었다.

곧 그녀가 어쩔 수 없다는 듯 한숨을 쉬더니 말했다.

"잠깐 전화 좀 하고 올게요."

"그래."

그리고 나가서 전화를 하고 들어온 그녀는 정말 어쩔 수 없다는 표정으로 말했다.

"어비스 과금할 테니까 그걸로 어떻게 좀 안 될까요?"

"……."

"제 중개인으로서의 진가가 시험받는 일이라고요. 다음에 더 좋은 조건으로 일을 따올 테니 이번에는 제발!"

김은혜가 바짓가랑이라도 붙잡고 늘어설 기세로 말하자 용우가 어깨를 으쓱했다.

"음, 좋아. 재밌었으니까 가준다."

"……."

순간 김은혜는 자기도 모르게 이를 갈려는 충동을 가까스로 참아내야 했다.

      *   *   *

권희수 박사는 모르는 사람이 보면 도저히 국가 연구소의 부소장이라고는 생각할 수 없는 외모의 소유자였다.

부스스한 머리칼을 뒤로 묶고 동그란 뿔테 안경을 쓴 그녀는 흰 가운을 입고 부소장 명찰을 단 모습이 전혀 자연스러워 보이지 않았다.

'학생이 박사님 코스프레한 거 같은데? 이 사람이 정말 서른여섯 살인가?'

용우가 보자마자 그런 생각을 했을 정도로, 권희수 박사는 작고 어려 보였다.

키는 아슬아슬하게 150센티에 못 미치고 주근깨가 있는 얼굴은 아무리 많게 봐줘도 20대 초반 정도? 교복을 입혀놓으면 그냥 고등학생으로 보일지도 모르겠다.

그녀가 꾸벅 고개를 숙였다.

"안녕하세요. 한국 게이트 재해 연구소의 부소장 권희수라고 합니다."

"서용우입니다."

권희수는 그때부터 말없이 용우를 빤히 바라보았다.

용우가 슬슬 그 시선에 불편함을 느끼며 물었다.

"왜 그러십니까?"

"신기해서요. 실존하는 0세대 각성자를 이 눈으로 보고 있자니……."

권희수 박사는 용우의 정체가 0세대 각성자라는 기밀 정보에 접근할 수 있는 권한을 가진 인물이었다.

용우가 말했다.

"박사님도 각성자시군요."

"네. 1세대예요."

그 말에 용우가 놀랐다.

지금까지 만나본 각성자들 중 가장 윗세대는 2세대 각성자인 백원태와 오성준이었다.

그런데 전 세계에 1,700여 명밖에 없었고, 또 지금은 생존자가 전 세계에 채 30명도 안 남았다는 1세대 각성자라니?

"1세대라고는 하지만 전쟁터에 끌려간 경력은 별로 없어요. 전투 능력은 완전 꽝이라 전과도 볼품없고. 그러니까 '인류를 지켜낸 위대한 선배님을 향한 존경의 시선'은 필요 없어요."

"그런 시선 안 보냈습니다만."

"1세대라고 하면 환상을 품고 보는 사람들이 많아서요."

어깨를 으쓱하는 그녀는 별로 농담을 했다는 표정도 아니었다. 뭔가 멍한 인상이라 감정이 뚜렷하게 드러나지 않는 여자다.

"오늘 와주십사 한 건, 저번에 당신이 처치한 지휘관 개체…
우두머리 늑대 인간에 대해서 이야기하고 싶어서예요."

권희수는 용우를 데리고 장소를 이동했다.

연구소 기밀 구역으로 향하던 도중 용우가 물었다.

"증폭 탄두를 만드신 분이라고 들었는데요."

"아, 그거요. 덕분에 엄청 벌었어요."

"네?"

"특허로요. 엄청 벌었어요."

"……."

확실히 그럴 만했다. 지금 이 시간에도 증폭 탄두는 엄청난
속도로 생산되고, 소모되고 있을 테니까.

"써보고 놀랐습니다. 어떻게 이런 걸 만들었나 하고."

"제가 저격수였거든요."

각성자 튜토리얼에 소환되었을 당시 그녀는 23세. 대학 졸
업반으로 대학원 진학을 준비하던 몸이었다.

하지만 1세대 각성자가 되는 바람에 강제징병되어서 전쟁터
를 누비게 되었다.

"근데 멀쩡한 총 놔두고 스펠을 쏴서 저격하는데 이게 너무
나 비효율적으로 보이더라구요."

1세대 각성자들은 지금의 각성자들과 비교하면 형편없이
약했다.

마력도 약했고, 구사할 수 있는 스펠의 가짓수도 적었으니 어쩔 수 없다. 당시에는 마력석 연구가 이루어지지 않아서 마력석을 직접 취하는 것 말고는 마력을 성장시킬 방법도 변변치 않은 시대였다.

마격탄이나 염동충격탄 같은 장거리 공격 스펠이라고 해봤자 사거리는 200미터 미만이었다. 게다가 조준하고 쏘는 게 아니라 대충 눈으로 가늠해서 쏘는 만큼 명중률도 형편없었다.

"그래서 결국 가까이… 보통 30미터 안쪽까지 접근해서 쏴야 했으니 저격수라고 부르는 게 난센스였죠."

저격수의 위험 부담이 지금과는 비교도 안 될 정도로 높았던 시대였다. 물론 그래도 근접 전투원만큼은 아니었지만 말이다.

"스트레스가 너무 심해서 어떻게 안 될까, 하고 궁리하다가 만든 게 증폭 탄두예요. 초기에는 나무통 같은 것에 특수하게 가공한 마력석을 채워 넣어서 지향성을 부여하는 방식으로 썼죠."

증폭 탄두의 프로토타입은 '탄두'라고 부를 수 있는 물건이 아니었다.

권희수 박사의 업적은 마력 탄두를 완성한 것이 아니다.

마력에 반응하는 마력석의 성질을 이용, 다른 물질과 조합

하는 것으로 스펠을 실어서 쏘아내는 이론을 확립한 것이다.

그 공로를 인정받은 권희수는 전장에서 빼내져서 연구소에 투입되었다. 그녀가 저격수 노릇을 하는 것보다 두뇌를 활용하는 것이 훨씬 낫다고 판단되었기 때문이다.

"실제로 증폭 탄두라는 걸 지금의 퀄리티로 완성한 건 다른 사람들의 공이에요. 아무래도 무기 제조는 제 전공은 아니라서."

"뭘 전공하셨습니까?"

"물리학 전공이었어요. 그때 전공한 건 지금은 큰 의미 없지만."

지금 권희수 박사의 전공 분야는 마력 연구였다.

퍼스트 카타스트로피 이후 막대한 투자가 이루어지고 있는 분야다.

증폭 탄두를 바탕으로 나온 마력 반응 탄두도, 마력 포선도, 그리고 각성자용 장비에 쓰이는 마력 반응 코팅도 모두 마력 연구가 다른 분야와 결합된 결과물이었다.

"다 왔어요."

권희수가 용우를 데려간 곳은 연구소의 기밀 구획이었다.

그곳에는 해체된 몬스터들의 시체들이 잔뜩 있었다.

지금도 해부하고 연구 중인 것도 있었고, 유리관 속에 보존된 것도 있었다. 보기에 따라서는 굉장히 그로테스크한 장소였지만 용우는 담담했다.

"이건 당신이 목을 깨끗하게 잘라주신 덕분에 연구하기가 좋았어요."

용우가 죽인 우두머리 늑대 인간의 머리도, 뇌가 드러나도록 두개골이 열린 상태로 유리관 속에 보존되어 있었다.

"오늘 여기까지 와주십사 한 건… 아, 아까 말했나?"

"이놈 때문이라고 했었습니다."

"그래요. 이거 때문이에요. 보고서를 봤는데… 당신, 이 괴물이랑 대화를 나눴다고 했더군요?"

"그랬습니다만?"

"그런데 이걸 해부하고 분석한 우리 연구원이 그러는데… 이놈 뇌에는 언어중추가 없대요."

"음?"

용우가 의아해하자 권희수가 설명했다.

"텔레파시로 언어를 초월해서 소통한다. 이론적으로는 가능한 이야기죠. 그런데 그건 상대가 대화 가능한 존재여야 성립하거든요. 혹시나 해서 묻는 건데 당신은 개나 고양이와도 대화가 가능한가요?"

"안 됩니다. 서로 아주 단순한 의사와 감정을 주고받을 수 있을 뿐이죠. 복잡한 뜻은 이해시킬 수 없어요."

권희수가 고개를 끄덕였다.

"대화 가능한 상대라는 것은 언어화된 사고를 할 수 있는 대상이라는 뜻이죠. 즉, 서로 다른 언어를 쓰지만, 어쨌든 양쪽 다 언어를 터득하고 있다는 전제가 필요해요."

"즉, 언어중추를 갖지 못한 존재가 언어를 터득했을 리 없으므로 대화가 성립할 리가 없다. 따라서 내 보고서는 거짓말이다. 그런 의심입니까?"

"네. 그것만은 아니지만."

"불쾌한 의심이군요."

"이해해요. 하지만 연구자 입장에서는 아무래도 눈에 보이는 결과를 근거로 판단할 수밖에 없거든요. 인간의 주관은 굉장히 모호하니까."

"내 보고서를 믿지 않으면서 굳이 나를 여기까지 부른 이유는?"

용우의 눈빛은 차가워져 있었다.

하지만 권희수는 뚜렷한 불쾌감을 접하면서도 전혀 긴장감 없는 태도로 말을 이었다.

"의심은 하지만 전면적으로 부정한 것은 아니었거든요. 설령 언어중추가 없다 해도, 정황상 지휘관 개체들이 다른 몬스터들에게 전술적 명령을 내릴 수 있었음은 명확해요. 게다가 울부짖음을 통해서 지휘관끼리 서로 소통하는 모습을 보여줬죠."

그것이 언어를 구사하는 수준이었는가는 아직 분명하지 않다. 하지만 그들이 단순히 동물들끼리 울부짖음으로 감정을 주고받는 것 이상의 정교한 의사소통을 하고 있었다는 것만은 분명하다.

"그래서 우리는 한 가지 가설을 세웠어요. 당신이 거짓을 말하지 않았다면, 언어중추가 없는 존재와 대화를 나눌 수 있었던 이유는 무엇일까?"

그녀는 연구실의 시체 중 몇 개를 가리켰다.

"현재까지 국내에서 지휘관 개체의 출현은 2회. 총 4개체가 있었죠."

늑대 인간.
오우거.
트롤.
리자드맨.

현재까지 출현한 지휘관 개체는 모두 3등급 몬스터들이었다.

"이들에게는 공통점이 있어요."

"휴머노이드 타입이라는 것?"

"와, 쉽게 맞히네요?"

"특징이 뚜렷하지 않습니까."

지휘관 개체는 모두 휴머노이드 타입으로 분류된 몬스터 중에서만 나타났다. 이족 보행을 하고, 도구를 쓰기도 하는 종족들이다.

하지만 지휘관 개체를 제외하면 딱히 지능이 뛰어난 종족들은 아니다. 야수형 몬스터들과 크게 다르지 않은 수준이다.

"아직 데이터가 부족하니까 확신은 못 하지만, 일단 휴머노이드 타입 중에서만 지휘관이 나타나는 것일 가능성이 높다고 봐요. 미국과 일본 쪽에서도 나타났다고 해서 자료를 공유했는데, 두 번 다 휴머노이드 타입이었죠. 3국을 합쳐서 총 7회의 데이터가 같은 결론을 말하고 있어요."

"앞으로의 대(對)몬스터 전략에는 굉장히 중요한 사실이군요. 하지만 제가 불려온 이유하고 무슨 상관이 있습니까?"

용우의 물음에 권희수가 히죽 웃었다.

"우리는 '빙의' 가능성을 염두에 두고 있어요."

"빙의?"

과학자하고는 전혀 어울리지 않는 용어가 튀어나오자 용우가 눈살을 찌푸렸다.

2

권희수는 대단한 비밀을 말하는 것처럼 목소리를 낮추었다.

"혹시 '고스트'라고 알아요? 기밀 사항인데……."

"압니다."

"헌터 일 한 지는 얼마 안 됐는데도 아네요?"

권희수가 놀랐다.

일단 고스트에 대한 정보는 기밀 사항으로 지정되어서 함구령이 내려져 있었다.

하지만 아는 사람이 많다 보니 업계인들 사이에서는 공공연한 비밀 취급을 받는다. 그래도 출현 빈도가 갈수록 줄어들다 보니 업계 경력이 짧은 사람들은 모르는 경우가 많다.

"어쨌든 설명할 게 줄었네요. 그거랑 비슷한 경우라고 보고 있어요."

"외계의 무언가의 의식이 휴머노이드 타입 몬스터에 빙의된 것이 지휘관 개체다?"

용우의 말에 권희수가 기쁜 듯이 고개를 끄덕였다.

"…과학자가 세운 가설치고는 너무 오컬트스러운 거 아닙니까?"

"12년 전만 해도 우리가 하고 있는 모든 일들이 픽션 속에서나 벌어질 일이었죠. 지금 말한 것도 충분히 현실성이 넘친다고요?"

"하긴."

용우는 인정했다. 확실히 지금의 시대는 그가 실종되기 전의 기준으로 생각하면 픽션 속 세상이나 다름없다.

"그래서 당신에게 협력을 요청하고 싶어요."

"협력?"

"앞으로 게이트 안에서 지휘관 개체와 조우할 경우 최대한 많은 대화를 나눠서 정보를 끌어내 줄 것. 텔레파시 능력자는 희귀하고, 한국의 현역 헌터 중에는 당신을 포함해서 세 명뿐이에요. 그중에서 코어 몬스터와 대화가 가능한 상황을 만들 수 있는 것, 즉 근접전을 벌일 수 있는 능력자는 당신뿐이죠."

"연구자에게 필요한 일이라는 것은 알겠습니다. 하지만 전장에서 싸우는 헌터 입장에서 그게 얼마나 터무니없는 요구인지는 알고 있습니까?"

"알아요. 전술적 위험을 감수하고 데이터를 모아달라는 뜻이죠."

겉모습은 전혀 그래 보이지 않지만, 권희수 박사는 1세대 각성자로서 전투 경험이 있는 인물이었다. 자신의 요구가 헌터들에게 어떤 의미로 들릴지 이해하고 있었다.

"공짜로 해달라는 이야기는 아니에요. 대가를 준비했는데, 한번 보고 생각해 줄래요? 따라와 보세요."

권희수 박사는 용우를 데리고 다른 연구실로 향했다.

같은 사람이 총괄한다는 느낌이 전혀 안 들 정도로 분위기가 다른 연구실이었다. 기계들이 잔뜩 널려 있고 엔지니어들이 증강 현실 고글로 입체 도면을 보면서 작업을 하고 있었다.

그 연구실의 한쪽 벽에는 각성자용 무기들이 보였다. 다만 공장에서 대량생산되는 양산품이 아니라 이 연구소에서 독자적으로 만들어낸 프로토타입들이었다.

용우에게 있어서는 흥미롭긴 하지만, 그뿐인 물건들이다.

모든 각성자 장비는 소모품이다.

칼이나 창 같은 근접전용 장비도 마찬가지다. 사용할 때마다 마력에 반응하는 특수 코팅이 열화되어서 금세 교체해야 하기 때문이다.

그것이 용우가 딱히 오리지널 장비를 원하지 않는 이유였다.

얼마든지 대체품을 구할 수 있는 규격품을 선호하기에 굳이 공방을 소개해 주겠다는 백원태의 제안도 거절한 것이다.

"이거예요."

권희수가 가리킨 것은 헌터용 배틀 슈트였다.

덜 완성되어서 약간 러프해 보일 뿐, 특별한 구석은 없어 보이는 물건이다.

"아직 상용화되지 않은, 우리 연구소에서 개발한 신기술 'M—링크 시스템'이 적용된 스페셜 배틀 슈트예요. 이미

2,000시간의 테스트가 이루어져서 실전 투입만 남은 1차 완성형 프로토타입이죠. 이걸 제공해 드릴 테니 아까 전의 부탁을 들어주세요."

의기양양해 보이는 권희수 박사의 제안에, 용우는 싱긋 웃으며 대답했다.

"됐습니다."

"…네?"

권희수의 눈이 휘둥그레졌다.

"됐다고 했습니다만."

"왜, 왜요?"

권희수가 당황했다.

설마 거절할 거라고는 상상도 못 했다는 태도였다.

그럴 만도 하다. 권희수는 마력 연구의 최고 권위자이며, 그녀가 발표하는 성과가 곧 각성자 장비의 최신 트렌드가 되는 사람이었으니까.

그런 사람이 최신 연구 결과를 투입한, 아직 상용화되지도 않은 비장의 무기를 선물하겠다는데 필요 없다고 하는 헌터가 누가 있겠는가?

"전 대체품 없는 커스터마이즈 장비는 질색입니다. 장비는 성능보다도 얼마든지 교체할 수 있고, 신뢰성이 검증된 양산품이 최고라고 생각하는 주의라서요."

"……."

"하지만 박사님 부탁은 가능한 한 들어드리겠습니다. 앞으로를 위해 필요한 일이라는 것은 동의하니까요."

용우는 자기 입장에서는 큰 호의를 보였다. 권희수 박사의 업적이 존경할 만하다고 생각했기 때문이다.

하지만 권희수는 그 말이 들리지도 않는다는 듯 말했다.

"한번 써봐요."

"네?"

"M—링크 시스템 한번 써보기라도 해봐요. 써보면 생각이 달라질 거예요."

"아니, 저는……."

"진짜로. 절대 보장."

"그러니까……."

"써봐요."

권희수가 용우의 손을 덥석 잡고 말하는데 눈이 이글이글 타오르고 있었다. 살짝 멍해 보였던 지금까지와는 완전히 다른 모습이라 용우도 움찔했다.

'뭔가 눌러서는 안 되는 스위치를 눌러 버린 것 같은데, 이거…….'

거절했다가는 무슨 반응이 나올지 살짝 무섭다.

용우는 어쩔 수 없이 고개를 끄덕였다.

"아, 뭐… 그렇게까지 말씀하시니 한번 써보기는 하죠."

"장 팀장님, 건틀릿 하나만 가져와 주세요. 가득 채운 걸로요."

권희수가 기다렸다는 듯 연구원 하나를 돌아보며 외쳤다.

그러자 중년 남자 연구원이 주변에 널브러져 있던 장갑 하나를 가져왔다.

배틀 슈트의 형태로 완성된 것과는 달리 도색이 안 되어서 러프한 느낌이 물씬 드는, 팔꿈치 아래까지를 덮는 특수 소재 장갑이었다.

일반적인 배틀 슈트의 장갑 파트와 다른 점이라면 등 부분에 납작하고 투명한 원형 파트가 붙어 있다는 것?

"껴보세요."

용우는 떨떠름한 기색으로 그것을 끼우자 권희수가 말했다.

"마력 발현해 보세요."

용우가 그 말에 따르자 권희수가 팀장에게 눈짓했다.

그러자 팀장이 원격으로 장갑에 명령어를 입력했고…….

'뭐야, 이건?'

저출력으로 마력장을 유지하던 용우가 깜짝 놀랐다.

손등에 붙어 있는 원형 파트에 푸른 액상 물질이 흘러들어 오더니 용우의 마력과 반응했다. 그리고 마력장의 기세가 폭증하는 게 아닌가?

그렇다고 용우의 마력 소모도가 높아지거나 마력 기관의 부하가 강해지는 것도 아니었다. 용우는 조금 전처럼 저출력으로 마력장을 유지할 뿐인데 장갑을 중심으로 출력이 2배 가까이 증폭되고 있었다.

"M—링크 시스템이라는 게, 배틀 슈트에 장착해서 개인의 마력을 증폭하는 기술입니까?"

"어때요? 좋죠?"

"……."

대답 대신 눈을 반짝거리며 묻는 권희수의 물음에 용우가 움찔했다.

"음, 인정합니다. 좋군요."

"봐요. 써보면 생각이 바뀔 거라고 했잖아요."

"확실히……."

용우도 생각을 바꿀 수밖에 없을 정도로 대단한 기술이었다.

스펠의 위력을 단발적으로 증폭하는 것에서 그치지 않고 일정 시간 동안 헌터의 마력 자체를 폭발적으로 증폭할 수 있다니?

권희수가 의기양양해하며 말했다.

"효과는 보신 바와 같아요. 운용비 문제가 걸림돌이 되고 있지만 그것도 결국은 해결될 거예요."

"제작 단가가 아니라 운용비가 문제라고요?"

"물론 제작 단가도 비싸지만 마력 증폭 시에 소모하는 소모재의 가격도 만만치 않거든요. 단가가 같은 용량의 마력 포션보다 30배 이상 높아요. 그걸 전투 때마다 지속적으로 소모해야 하니까……."

"…그 정도면 확실히 헌터 팀 입장에서는 부담스럽겠군요."

용우는 납득했다. 그런 비용을 감수할 수 있는 헌터 팀은 극소수일 것이다.

"하지만 그 문제도 해결할 수 있어요. 그 건틀릿처럼 헌터의 포지션에 따라서 부분적으로 적용하는 특화 파츠도 개발 중이고. 어쨌든… 기왕 이렇게 된 거, 풀 세트도 한번 착용하고 시험해 보지 않으실래요?"

생글생글 웃는 권희수 박사의 물음에 용우는 잠시 갈등했다.

자신의 주의에 반하는 장비다. 하지만 그런 이유로 거절하기에는 너무나 매력적이었다.

'출력 그 자체를 보완하는 부스터라니.'

증폭 탄두나 마력 코팅과는 또 다르다. 사용자의 마력 그 자체를 증폭시키는 것이라 헌터용 장비를 쓰면 2중 증폭이 가능해지는 것이다.

"…좋습니다."

거절하기에는 너무나 매력적이었다. 어비스에서는 상상도 못 했던 대단한 기술의 정수.

용우는 그 유혹을 거부하지 못하고 고개를 끄덕이고 말았다.

*   *   *

권희수 박사가 작전 지역에 나오는 일은 드물었다.

아니, 그녀는 애당초 연구소에서 나오는 일이 별로 없었다.

연구소 부지에 그녀를 위한 거처가 따로 마련되어 있었고, 원하는 것은 인터넷 쇼핑을 하거나 지원팀에 전화 한 통만 하면 다 손에 넣을 수 있었다.

그런데도 거처까지 가는 게 귀찮다고, 혹은 연구로 밤을 지새우느라 연구실에서 자는 일이 부지기수였다.

워커 홀릭에 방구석 폐인을 더해놓은 것 같은 행동 패턴이다.

"아, 바깥공기 오랜만에 맡네요."

그런 그녀가 연구소 밖으로 나온 것은 그럴 만한 이유가 있어서였다.

곧 한국 기업들을 통해 실전 투입될 M—링크 시스템이 적용된 배틀 슈트의 실전 테스트가 이루어지기 때문이었다.

"운이 좋았어요. 2명이나 실전 테스트를 할 수 있다니."

M—링크 시스템이 적용된 배틀 슈트, 통칭 M슈트는 이미

2,000시간의 테스트를 마친 물건이다. 테스터로 일해준 4명의 헌터는 모두 국내 최정상급 혹은 슈퍼 루키로 불리는 이들이었다.

그리고 최근 또 한 명이 다른 테스터들과는 달리 실전 테스터로 영입되었다.

"어떻게 제로를 설득했습니까?"

그렇게 물은 것은 팀 블레이드의 사장 오성준이었다.

팀 블레이드 1부대에는 M—링크 시스템 테스트에 참가한 테스터가 있었다. 그리고 이번 작전이 실전 테스트가 될 것이다.

지휘관 개체라는 새로운 위협이 나타난 현재, M슈트는 대단히 매력적인 위기 대응 수단이었다. 하루 빨리 개발을 진행해야 한다는 것이 오성준의 생각이었다.

"그야 M—링크 시스템을 보고 반하지 않을 헌터가 있을 리가 없잖아요. 내 야심작인데."

"……"

오성준은 뭐라고 말해야 할지 모르겠다는 표정을 지었다.

권희수는 그보다 10살은 연하였지만 1세대 각성자라는 점과, 마력 연구의 최고 권위자라는 점 때문에 누구도 그녀를 함부로 대할 수 없었다.

그래서 그녀가 이렇게 나사 빠진 소리를 할 때면 어떻게 대해야 할지 참 난감하다.

'이런 때는 백원태 그놈한테 떠넘기는 게 최고인데……'

백원태는 사석에서는 장난기가 있는 성격이라 권희수와 죽이 잘 맞았다.

하지만 이곳은 어디까지나 팀 블레이드가 게이트 제압 작전을 맡은 지역이다. 백원태가 와 있을 이유가 없었다.

권희수가 전술 데이터를 살펴보았다. 그녀는 연구자이면서도 최신 전술 데이터도 어렵지 않게 이해하는 군사 지식과 전투 경험의 소유자였다.

"오우거군요."

문 안쪽과 시간 차를 두고 갱신되는 정찰 데이터에 오우거가 추가되었다.

휴머노이드 타입이 있다는 것은 지휘관이 등장할 가능성이 있다는 뜻이다.

"나온다면 35미터급에서는 두 번째네요."

"한국에서는 처음입니다."

"일본도 꽤 큰 피해를 내가면서 처리했었죠?"

일본 또한 헌터 선진국이다. 지금은 폐허가 된 도쿄에서 게이트 브레이크로 등장한 7등급 몬스터까지도 처리해 낸 강력한 헌터 팀들을 보유하고 있었다.

그런 그들조차도 35미터급에서 지휘관이 등장하자 큰 피해를 입었다.

"하지만 이번에는 그렇게 안 될 겁니다."

오성준은 자신 있게 말했다.

이제 지휘관은 미지의 위협이 아니다.

그리고 이번 작전에 투입되는 팀 블레이드의 1부대는 한국 최강을 논할 때 반드시 후보에 오를 정도의 최정예였다.

지난번에 용우가 도왔던 2부대와는 각성자 전력 면에서 현격한 차이가 있다.

'굳이 제로를 투입할 필요도 없지.'

부대 구성도 완벽하다. 배틀 힐러는 없지만 대신 서포터 팀과 함께 문 안으로 진입해서 빠른 대응이 가능한 힐러도 2명이나 있으니까.

이런 부대에 제로의 존재는 불필요하다. 굳이 제로가 필요해진다면 그것은 이 부대조차 감당 못 할 변수가 등장했을 때일 것이다.

그렇지 않은데도 제로를 부른 것은 헌터 관리부의 요청, 정확히는 권희수 박사의 요청 때문이다.

지휘관 개체와 한마디라도 대화를 나눠서 정보를 얻어내야한다. 그런 이유로 제로가 투입된 것이다.

"그런데 불확정 요소가 많은 상황에서 이 작전 목표는 너무높게 잡으신 거 아닌가요?"

문득 권희수 박사가 물었다.

1부대의 작전 목표는 게이트 제압만이 아니었다. 그것은 필수 달성 목표에 불과했다.

그들의 진짜 목표는…….

"지휘관 개체를 포획해서 게이트 브레이크 때 데리고 나온다니, 성공한다면 정말 환상적이겠지만요."

게이트 안에서 지휘관 1개체를 포획하고 다른 모든 몬스터를 섬멸하는 것.

그리고 그대로 시간을 보내서 게이트 브레이크를 일으킴으로써 지휘관 개체를 연구소에 제공하는 것이었다.

성공한다면 엄청난 업적이 될 것이다. 하지만 지나치게 어려운 목표가 아닐까?

"물론 과욕을 부릴 생각은 없습니다. 하지만 지켜봐 주시지요."

오성준은 자신만만하게 웃었다.

"한국 최고의 헌터 부대의 실력을."

이 자리에 백원태가 있었으면 맹렬하게 반박했을 이야기를 하면서.

Chapter14

군주라 칭하는 자

1

35미터급은 반드시 5등급 몬스터가 존재하는 게이트다.

아주 운이 좋다면 1마리로 그치지만 대부분은 2마리 이상, 최대 4마리까지도 출현한다.

당연히 제압 작전을 펼치는 부대는 최악의 상황에도 대응할 수 있는 전력을 투입하게 마련이었다. 그리고 팀 블레이드의 1부대는 한국 헌터 업계가 내밀 수 있는 최고의 카드 중하나다.

'제법이군.'

용우는 하는 일 없이 서포트 팀과 대기하고 있었다.

그 사실에 불만은 없었다. 이번에 그는 어디까지나 텔레파시 스펠 보유자로서 초빙된 것이니까. 지휘관 개체를 포획하기 전까지는 나서지 않아도 된다는 설명을 듣고 왔다.

용우는 실시간으로 갱신되는 전투 데이터를 보면서 즐거워했다.

팀 블레이드 1부대는 1시간에 걸쳐 지형 데이터와 몬스터 분포를 파악한 뒤, 전력을 3개조로 나뉘어서 전투에 돌입했다.

'2부대하고는 격이 다르다.'

용우는 전에 팀 블레이드의 2부대를 구하기 위해 투입되었던 바 있다.

그래서 팀 블레이드의 수준은 잘 알고 있다고 생각했다.

스포츠 구단에 비유하면 1부대만이 1군이고 나머지 부대는 2군 취급을 받는다고 들었지만, 그래도 수준 차이가 얼마나 나겠나 싶었다.

하지만 실제로 문 돌입부터 작전 수행을 함께해 보니 현격한 수준 차이가 보였다.

'서포트 수준에서는 큰 차이가 안 나는 것 같지만……'

1부대는 팀 블레이드 최고의 인재들이 집결한 부대다. 일반인 헌터들도 확실히 수준이 높았다.

하지만 결정적인 차이는 역시 각성자 전력이다.

1부대는 각성자 비율이 대단히 높다. 서포트 팀에 속한 2명의 힐러들을 제외하고도 각성자가 18명, 직접 전투를 수행하는 모든 인원이 각성자로만 이루어져 있었다.

한국에서 이런 전력을 갖춘 헌터 부대는 이들과 팀 크로노스 1부대뿐이었다.

또한 팀 블레이드 1부대는 헌터 개개인의 수준도 최고 수준이었다. 마력만 봐도 알 수 있는데 페이즈11의 저격수가 1명, 페이즈10에 달한 이들이 2명, 페이즈9가 3명이나 되었다.

5년간의 경험으로 전투 능력이 절정에 달한 5세대 각성자를 중심으로 노련한 4세대와, 한층 잠재력이 뛰어난 6세대들이 포함된 이들은 강력함과 안정감을 고루 갖추고 있었다.

[알파 분대. 포인트―5, 6, 7 모두 클리어.]

[브라보 분대. 포인트―8, 9 클리어.]

[찰리 분대. 포인트―10, 11 클리어. 현재 포인트―12로 이동 중. 다들 너무 오버 페이스 아닌가?]

[너희가 느린 거지. 더 시간 끌다가는 작전 플랜이 헝클어진다. 빨리 처리하라고.]

[아, 대장. 깐깐하긴.]

그들은 여유 있게 농담까지 나누면서 몬스터들을 섬멸해 갔다.

이 전장에는 분명 지휘관 개체들이 존재하며, 그들의 통제에 따라서 2~4등급 몬스터들이 무리 지어서 전술적인 공세를 가해왔다.

하지만 1부대 앞에서는 소용없었다. 4등급 몬스터조차도 너무나 간단하게 처리해 버렸다.

'멋지군.'

부유 중계기와 드론이 촬영한 전투 영상을 보면서 용우는 흥미를 드러냈다.

1부대의 각성자 헌터들의 수준은 최고다. 2부대와 비교하면 메이저리그 최정상급 선수와 한국 야구 2군 선수 정도의 차이가 있었다.

'그 2부대도 분명 뛰어난 헌터들이었는데.'

그런데도 이 정도 격차를 보여주다니 놀랍다.

'순수하게 대(對)몬스터 전투 능력만을 평가한다면 우리의 중반기… 그중에서도 정예 파티 수준은 되겠군.'

용우 입장에서는 지금까지 본 그 어떤 헌터 부대보다도 높은 평가를 준 셈이다.

[알파 분대와 베타 분대는 포인트 14에서 집결. 땅울음용부터 잡는다.]

현재 포착된 5등급 몬스터는 3마리다. 모두 용우가 한 번씩 상대해 본 종들이었다.

땅울음용, 암석거인, 그리고 악마숲.

이들 중 코어 몬스터는 단 하나, 암석거인뿐이다.

나머지 코어 몬스터는 3, 4등급 몬스터 중에 있다. 5등급 몬스터들을 제치고 저등급 몬스터들이 코어 몬스터라니 이상한 일이다. 하지만 지휘관 개체가 나타나면 그들이 코어 몬스터의 역할을 맡는다는 것이 빠르게 정설이 되어가고 있었다.

[암석거인의 교란은 서포트 팀에게 맡긴다. 찰리 분대, 악마숲을 견제하도록. 되도록 잡아버리고.]

용우가 구 DMZ에서 단독으로 잡았던 5등급 몬스터, 악마숲.

막강한 원거리 포격 능력과 대공방어 능력 때문에 까다로운 상대였다. 일단 드론과 무인 전차가 제대로 접근할 수가 없는 것이다.

그렇다고 용우처럼 하늘에서 공격할 수도 없다.

측정 결과, 이 게이트 안쪽의 하늘은 고작 2.2킬로미터에 불과했기 때문이다. 악마숲의 사정거리 안쪽이라 날아서 접근하는 것 자체가 불가능하다.

[아, 좀 늦었다고 귀찮은 일 떠넘기는 것 좀 봐. 대장, 너무 하는 거 아냐?]

찰리 분대장이 투덜거렸다. 무인 병기의 서포트조차 없이 악마숲에 접근하는 것은 리스크가 너무 컸다.

[엄살떨지 마라. 어차피 너희 역할이다. 그리고 M슈트 실전

테스트 데이터도 얻어야 하잖나. 쉽게 가자.]

하지만 1부대의 통신 분위기는 태평했다. 귀찮을 뿐, 진짜로 위험하다고 생각하는 것 같지 않았다.

[아이고, 알겠습니다.]

찰리 분대장이 어쩔 수 없다는 듯 너스레를 떨었다.

그가 바로 M슈트의 테스터로 한국 헌터 업계 최고의 저격수로 불리는 인물이었다.

'땅울음용은 공략 방법이 명확하지.'

과거 팀 블레이드 2부대가 땅울음용에게 당했던 것은 피로도가 절정에 달해 있던 시기였고, 정찰로 발견하지 못했다가 작전 중에 갑자기 난입했기 때문이다.

지금처럼 정찰로 위치를 완벽하게 파악한 상황에서는 1부대가 어렵지 않게 잡을 수 있는 적이다.

하지만 악마숲은 역시 까다로운 상대다. 악마숲 때문에 이 전장에서 무인 병기 운용과 정찰이 크게 제한받고 있을 정도니까.

과연 각성자 헌터만으로 이루어진 1개 분대, 6인만으로 어떻게 악마숲을 잡으려는 걸까?

그 답은 금방 나왔다.

[서포트 팀, 포격 배치 끝났습니다. 예상 포인트에서 벗어나 주시기 바랍니다.]

'역시 대책이 있었군.'

용우가 구 DMZ에서 악마숲을 잡았을 당시, 그곳의 헌터 팀들은 악마숲을 처리할 능력이 없어서 당한 게 아니었다.

다른 코어 몬스터와 교전 중이었을 때 2차 게이트 브레이크가 일어나 악마숲이 나타나 버린 게 문제였던 것이다.

악마숲의 출현을 전혀 예상치 못했고, 따라서 악마숲 대응 전술을 수행하기 위한 장비도 존재하지 않았던 상황이었다.

하지만 이 전장은 상황이 다르다.

[포격 개시.]

악마숲의 포격 사정거리보다 멀리 떨어진 곳에 배치된 무인 이동 포대들이 불을 뿜었다.

곡사로 발사된 포탄들이 화려한 푸른 불빛까지 발하면서 하늘에 궤적을 그려놓는다. 마치 축제용 포탄이라도 되는 것처럼.

뿐만 아니다. 그중 일부는 일찌감치 외피가 깨져 나가면서 급격히 부풀어 올랐다.

'풍선?'

3미터 정도 되는 크기의 비행기 모양 풍선들이 부풀어 올랐다.

퍼퍼퍼퍼퍼펑!

그러자 악마숲이 반응했다.

마하4의 속도로 발사된 씨앗 포탄들이 번쩍거리는 포탄과 풍선들을 요격한다.

[2차 포격 개시.]

풍선은 전부, 포탄은 90%가 요격당하고 나머지는 악마숲 근처에 떨어져서 폭발했다.

그리고 잠시 후 두 번째 일제 사격이 시작되었다.

[3차 포격 개시.]

쏘고, 쏘고, 또 쏜다.

용우는 오가는 통신으로 이 전술의 요체를 알 수 있었다.

'그렇군. 씨앗 탄환을 소모시키고 돌입하는 게 기본인가. 하하하, 너무나 간단한 방법이군.'

악마숲은 막강한 이동 포대지만 지능이 높은 편은 아니다.

사정거리 안으로 접근해 오는 존재가 아군인지 아닌지를 판별하고, 아군이 아니라면 쏜다.

그런 단순한 기준으로 움직인다.

또한 악마숲의 주 무기인 씨앗 포탄은 결코 무한하지 않다.

에너지탄도 아니고 체내에서 생산해서 쏘는 물건이기에 잔탄량에 한계가 있다. 그리고 잔탄이 바닥나면 한 발, 한 발 생산하는 데 시간이 걸린다.

이런 점을 고려하면 냉병기로 싸워야 했던 어비스에서라면 모를까, 현대 지구에서는 아주 간단하게 공략법을 찾아낼 수 있었다.

악마숲의 사격 거리보다 더 먼 곳에서 포탄을, 그리고 디코이(Decoy: 미끼) 풍선을 날려서 씨앗 포탄을 소진시킨다.

그것만으로도 악마숲의 위험성이 격감하는 것이다.

그리고 적당한 시점이 되면 헌터들이 움직인다.

─염동염마탄(念動炎魔彈)!

고열을 동반하는 에너지탄이 초음속으로 악마숲을 때렸다.

저격수들의 표준 스펠이라고 할 수 있는 염동충격탄보다 고위 스펠로 분류되는 염동염마탄이었다.

'저 거리에서 저격하다니?'

용우는 저격수가 쓴 스펠보다는 저격 거리에 놀랐다.

찰리 분대장은 4킬로 바깥의 고지대에 자리 잡고 저격을 성공시켰다.

거리만 봐도 각성자가 아니고서는 불가능한 묘기다.

'부유 중계기도 멀리 떨어져 있는 상황이라 정밀도가 떨어질 텐데……'

그 거리에서도 충분한 파괴력이 나오는 사거리도 놀랍지만 3발 연속으로 악마숲을 때리는 명중률은 더 놀랍다.

상대가 악마숲이 아니었다면, 모든 포인트에 부유 중계기와 드론을 띄워놓을 수 있는 상황이었다면 가능하다. 관측 데이터를 통해서 사격 정밀도가 비약적으로 상승하니까.

하지만 악마숲을 상대로 반경 2.5킬로미터 내로는 부유 중계기도, 드론도 접근시킬 수 없다. 그런 상황에서 저런 초장거리 저격을, 한 발도 아니고 연발로 성공시키다니······.

콰광··· 콰과광······!

사정거리 밖에서 일방적으로 두들겨 맞은 악마숲이 울부짖었다.

저격이 날아오는 방향을 향해 이동하면서 씨앗 포탄을 날린다.

하지만 악마숲의 이동속도는 느려서 최고 속도도 시속 12킬로미터에 불과하다. 잔탄도 바닥나서 한 방 쏠 때마다 다음 사격까지 인터벌이 발생하는 귀중한 씨앗 포탄을 낭비할 뿐이다.

게다가 저격수의 염동염마탄은 악마숲의 신경을 건드리는 것에 그치지 않는다. 허공장을 뚫고 확실하게 타격을 주고 있었다.

이미 악마숲의 등 위는 불바다가 되고 촉수가 반절이나 끊겨 나갔다.

'원거리 포격전으로 악마숲을 압도한다니, M—링크 시스템의 힘인가.'

저격수의 마력이 페이즈11이라는 것을 감안해도 도저히 납득할 수 없을 정도로 압도적인 위력과 사거리다.

하지만 M—링크 시스템으로 증폭한 마력으로 발한 스펠을, 다시 고용량 증폭 탄두로 증폭해서 때리는 것이라면 납득이 간다. 실시간으로 허공에 돈을 불태우는 셈이지만 그만한 가치가 있었다.

쫘아아아앙!

그리고 너덜너덜해진 악마숲의 발밑에서 대폭발이 일어났다.

저격수가 초장거리 저격으로 두들겨 대는 동안 다른 분대원들이 예상 이동 루트에 폭탄을 매설해 둔 것이다.

폭발에 휩싸인 악마숲이 정신을 못 차리는 동안 주변 지형에 은폐해 있던 근접 전투원들이 무서운 속도로 달려가서 그 위에 올라갔다.

'허공장.'

이 시점에서 용우는 한 번 더 놀랐다.

찰리 분대의 근접 전투원 중에는 체외 허공장을 다루는 이가 있었기 때문이다.

희귀하면서도 강력한 인재들이 이 부대에 모두 모여 있다. 왜 오성준이 그토록 절대적인 자신감을 보였는지 이해할 수 있었다.

[땅울음용 클리어.]

알파, 브라보 분대가 땅울음용을 처리했다.

[악마숲 클리어.]

그리고 그들과 3분 20초 차이로 찰리 분대가 악마숲을 처리했다.

조금의 오차도 없는 완벽한 전투였다. 단 한 명의 부상자도 없이 5등급 몬스터들을 사냥해 냈다.

그러고도 그들은 흥분하는 기색이 없었다. 이 정도는 너무나 평범한 작업에 불과하다는 듯이.

[지휘관 개체는 오우거 로드.]

골치 아팠던 악마숲이 사라지자 정찰 데이터의 공백이 순식간에 채워졌다.

[다른 지휘관 개체는 보이지 않는다. 하지만 방심하지 말도록. 휴머노이드 타입이 아닌 놈들 중에 지휘관이 있을 가능성도 배제하면 안 된다.]

그들은 차분하게 사냥을 계속했다.

무리 지어 움직이는 저등급 몬스터들을 무인 병기로 몰이 사냥하면서 합류, 인원 구성을 바꿔서 다시 갈라진다.

[브라보 분대는 오우거 로드를 제외한 모든 몬스터를 섬멸하라. 찰리 분대는 오우거 로드를 포획한다. 알파 분대는 암석 거인을 잡는다.]

[와, 진짜로 할 거야? 오우거 로드 포획?]

그들의 작전 목표는 의도적으로 게이트 브레이크를 일으키는 것이다.

코어 몬스터이면서 지휘관 개체인 오우거 로드를 포획하고 다른 모든 몬스터를 섬멸한 채로!

[해낸다면 세계 최초다. 크로노스 놈들한테 앞으로 까불지 말라고 비웃어줄 수 있지 않겠냐?]

[내년 연봉 협상에서도 내밀 수 있는 카드라고.]

그들은 절대적인 자신감으로 작전 플랜의 최종 단계를 진행했다.

몬스터들이 추풍낙엽처럼 쓰러져 갔다.

전술적인 움직임도 압도적인 전력 차 앞에서는 의미 없었다. 이전에 큰 피해가 났던 것은 어디까지나 의표를 찔렸기 때문이다. 몬스터 대응 매뉴얼에 확고한 만큼 뒤통수를 맞았을 때 큰 피해가 난 것이다.

하지만 이제는 다르다.

지휘관 개체의 통제에 따라서 전술적 행동을 한다는 사실만 알고 있으며, 거기에 대한 대응 매뉴얼이 나온 이상 그것은 큰 위험 요소가 되지 못한다.

무엇보다 몬스터가 전술적으로 행동한다고 해봤자 인간의 전술 행동에 비하면 원시적인 수준에 불과하다.

[암석거인 클리어.]

알파 분대는 너무나 쉽게 암석거인을 잡았다.

5등급 몬스터가 6인의 헌터와 무인 병기의 연계에 휘둘리면서 일방적으로 난타당하다가 무너지는 과정은 섬뜩하기까지 했다.

[오우거 로드 포획 1단계 완료. 2단계 작업……]

찰리 분대가 오우거 로드를 빈사 상태로 만들고, 스펠을 이용해서 움직임을 막는 것으로 1단계를 완료했다고 알릴 때였다.

[이건 뭐야?]

갑자기 놀란 목소리가 울려 퍼졌다.

[문제가 발생했습니다, 대장.]

브라보 분대장이 긴급하게 말했다.

[무슨 일인가?]

[죽은 몬스터가… 일어나고 있습니다.]

[뭐?]

통신에 전투 소음이 섞여 있었다. 소총으로 사격을 가하면서 물러나고 있는 듯했다.

[반복합니다. 죽은 몬스터가 일어나고 있습니다. 허공장이 강화되어서 소총 사격이 먹히지 않습… 지직… 트랩을 세팅하고 물러날 테니 화력 지원 바람… 치지지지직!]

갑자기 브라보 분대와 찰리 분대의 통신에 심한 노이즈가 꼈다.

곧바로 서포트 팀이 무인 병기들을 움직였다.

드론의 카메라가 원거리에서 브라보 분대의 상황을 파악했다.

"뭐야, 번개?"

시퍼런 뇌전이 주변을 휩쓸고 있었다.

헬멧 안에 뜬 영상을 본 용우가 말했다.

"여기는 제로. 브라보 분대를 지원하겠다."

용우는 부대장의 대답을 듣지 않고 땅을 박찼다.

—블링크!

그의 몸이 한 번 뛸 때마다 100미터씩 공간을 뛰어넘으면서 순식간에 브라보 분대가 있는 지점으로 향했다.

파지지지직!

그곳에는 망막을 태워 버릴 듯한 빛이 미쳐 날뛰고 있었다. 도저히 인간이 직시할 수 없는 광량이다.

퍼어어엉! 퍼어어어어엉!

그리고 그 안에서 일어나는 폭발의 충격파가 주변을 강타하고 있었다.

"아아악!"

그 속에서 비명이 울려 퍼졌다. 하지만 금세 폭음에 파묻혀 버렸다.

가까이 접근했던 드론이 뇌전에 의한 전자파와 충격파에

두들겨 맞고 추락했다.

〈브라보 분대, 들리나?〉

통신이 마비된 상황에서 용우가 텔레파시로 대화를 시도했
다.

〈이, 야, 아아아……!〉

〈브라보 분대!〉

〈이야아아아아아아!〉

브라보 분대원과 텔레파시로 연결되면서, 절규가 들려왔다.

아무래도 텔레파시가 연결되어도 들을 정신이 없는 것 같
다. 귀가 열려 있어도 정신이 팔려 있으면 남의 말이 안 들리
는 것과 마찬가지다.

"쯧."

용우는 혀를 차며 스펠을 발했다.

─감각 보호!

인간의 감각기관이 버틸 수 있는 한계치를 넘는 자극을 버
텨낼 수 있게 해주는 스펠이었다.

용우는 그것으로 눈을 보호하면서 총을 들었다.

적을 육안으로 확인할 필요는 없다. 텔레파시로 브라보 분
대원들의 위치를 포착했으니 그들이 없는 쪽을 쏘면 된다.

─염동충격탄(念動衝激彈)!

초음속으로 발사된 에너지탄이 뇌전을 관통했다.

콰아아아아!

그러자 뇌전이 흩어지기 시작했다.

하지만 명중 여부를 알 수가 없다. 용우는 주저 없이 2격을
날렸다.

콰아아앙!

흩어지는 뇌전의 중심부에 한 방 더 갈기고는 허공장을 전
개하면서 브라보 분대원들에게로 뛰었다.

"이야아아아아!"

누군가 목이 터져라 절규하고 있었다.

근접 전투원으로 보이는 헌터였다. 그가 펼친 보호막이 주
변을 감싸고 있었고, 그 속에 2명의 헌터가 들어가 있었다.

〈브라보 분대!〉

소리쳐 봤자 들릴 것 같지가 않아서, 용우는 텔레파시로 천
둥 같은 외침을 보냈다.

그러자 보호막을 발하던 헌터가 깜짝 놀라서 고개를 들었
다.

"…어?"

의아해하는 목소리가 잔뜩 쉬어 있었다. 정말 죽기 살기로
방어하고 있었던 모양이다.

그때였다.

〈누구, 지……?〉

오래된 라디오 스피커에서 흘러나오는 소리처럼, 기묘한 잡음이 낀 목소리가 들려왔다.

아니, 그것은 목소리가 아니다.

텔레파시에 실린 뜻이 받아들이는 자의 뇌 내에서 언어화되어 재생되는 것이다.

〈네놈은, 누구, 지……?〉

흩어지는 뇌전 속에서 모습을 드러낸 자가 물었다.

용우가 소총을 겨누면서 물었다.

"그건 내가 물을 말인데? 네놈은 누구냐?"

〈나는… 뇌전의 군주.〉

타오르는 뇌전을 휘감은 존재가 용우를 똑바로 노려보며 말했다.

〈에우라스.〉

2

스스로를 에우라스라고 말한 정체불명의 존재는 3등급 몬스터, 오우거의 모습을 하고 있었다.

단, 온전한 모습은 아니다.

한쪽 팔이 뜯겨 나가고 몸에 큰 구멍이 뚫려서 심장이 파괴된 시체였다.

그 몸에 맥동하는 뇌전이 골격의 형태로 입혀져서 꿈틀거리는 광경은 도저히 눈을 뗄 수 없는 기괴함과 강렬함의 결정체였다.

'이놈은 뭐야?'

시체가 일어났다고 해서 언데드가 나타난 줄 알았다.

그런데 눈앞에 있는 것은 어비스에서도 본 적 없는 기괴한 존재였다.

'권희수 박사의 가설대로 실체 없는 존재가 '빙의'된 것 같은 꼬락서니군.'

다만 다른 지휘관 개체와는 다른 것 같다. 오우거의 시체를 빌려 움직이고 있는데도 거의 6등급 몬스터에 필적하는 마력이 느껴진다.

〈나의 행사를 방해하는 너는 누구냐?〉

"스스로 알아봐."

용우는 싸늘하게 대답하며 방아쇠를 당겼다.

무지막지한 뇌전은 흩어졌고 적의 모습을 육안으로 확인할 수 있다. 그렇다면 이 거리에서 명중시키기란 쉬운 일이다.

─염동충격탄(念動衝激彈)!

그러나 초음속으로 날아간 에너지탄은 목표를 꿰뚫지 못했다.

파지지지직!

에우라스의 앞에서 일어난 푸른 스파크가 그것을 잡아냈기 때문이었다.

'허공장!'

허공장을 외부로, 그것도 뇌전과 섞어서 전개했다.

저것은 방어인 동시에 공격이다.

"피해!"

용우는 브라보 분대원들에게 외치며 앞으로 뛰어나갔다.

쫘아아아아아앙!

용우가 전개한 허공장과 에우라스가 전개한 뇌전의 허공장이 충돌했다.

폭음이 울려 퍼지면서 용우가 튕겨 나갔다.

"크윽!"

용우는 뼛속까지 스며드는 충격을 느끼며 비틀거렸다.

쫘르릉! 쫘광!

그런 용우를 살아 있는 것처럼 꿈틀거리는 뇌전이 덮쳤다.

용우는 뇌전을 허공장으로 비껴내며 총을 들었다.

─구전광(球電光)!

그러나 그가 방아쇠를 당기는 것보다 빠르게 뇌전의 구체가 날아와 폭발했다.

'스펠이군! 젠장, 구전광인가?'

육안으로 따라갈 수 없을 정도로 빠르게 발생한 뇌전의 구체가 주변에서 연달아 폭발했다. 망막을 태워 버릴 것 같은 빛과 충격파가 허공장을 뚫고 용우를 두들겨 댔다.

'이 힘만 센 새끼가……!'

일반인이라면 벌써 죽었을 충격이다. 용우도 내장이 진탕했다.

감각 보호 스펠을 걸어두길 천만다행이다. 그렇지 않았다면 미친 듯이 터지는 뇌성에 고막이 터져 나가고, 시야를 온통 하얗게 불태우는 전광에 망막이 손상되었을 것이다.

'견적 나왔다. 죽여주마.'

용우는 뇌광에 난타당하는 상황 속에서도 패닉에 빠지지 않았다. 섬전처럼 빠른 사고를 통해 행동을 결정했다.

―인설레이트 필드!

허공장 너머로 절연성을 띤 방어막이 전개되었다. 아직 남아서 꿈틀거리는 뇌전이 그 표면을 범접하지 못하고 미끄러져 간다.

'힘센 건 인정하지.'

용우는 방어막을 내세워서 뇌전의 폭풍을 뚫었다.

'하지만 특정 속성에 특화되었다는 것만으로도 넌 나한테 안 돼.'

꽈광! 꽈과과광!

뇌전의 격류가 쏟아져서 폭발한다.

그러나 그중 단 한 발도 용우에게 닿지 않았다.

허공장과 중첩된 투명한 방어막 위를 미끄러진다. 그리고 폭발 시의 충격파가 강할 공격들은 용우가 휘두르는 에너지 칼날에 맞고 모조리 튕겨 나갔다.

〈감히!〉

에우라스가 격노했다. 자신의 공격이 용우에게 모조리 막히고 있음을 안 것이다.

"감히? 이 정도밖에 안 되는 주제에 날 보고 감히라고?"

용우가 피식 웃었다.

'M—링크 시스템 가동.'

동시에 슈트의 팔 안쪽에 달린 스위치를 당겨 M—링크 시스템을 가동시켰다.

우우우우우!

양 손바닥과 팔등, 그리고 명치에 설치된 투명한 원형 파츠에 소모재가 채워지면서 푸른빛을 발한다. 뿐만 아니다. 팔과 다리, 몸과 헬멧까지 액상 물질이 흐르는 길이 빛의 띠로 화하기 시작했다.

동시에 용우의 마력이 폭증해 갔다.

'풀 파워 가동 시간은 길어봐야 3분.'

프로토타입 M슈트의 소모재는 빠르게 소모된다. 길어봐야 3분일 것이다.

'네놈을 백 번은 죽일 수 있는 시간이지.'

용우가 살기등등하게 웃었다.

파지지직!

에우라스가 다시금 강맹한 뇌전을 방출했다. 꿈틀거리는 뇌전이 폭풍처럼 용우를 덮쳐왔다.

〈아니?!〉

그러나 소용없다.

M—링크 시스템으로 마력 출력이 증폭되면서 허공장의 견고함도 몇 배로 올라갔다.

뇌전은 절연성 방어막에, 충격파와 뇌성은 허공장에 완벽하게 차단된다. 연달아 폭발하는 뇌광의 한복판에 구형의 공백이 생겨나 있었다.

용우는 시공의 보물고에서 양손 대검을 꺼내 들었다. 그의 마력을 받은 칼날이 부서질 듯 요동치면서 시퍼런 스파크를 발했다.

파지지지직!

용우는 앞으로 전진하면서 양손 대검을 휘둘렀다.

—용참격(龍斬擊)!

호쾌하게 양손 대검을 휘두른 궤도를 따라서 시퍼런 빛이 뿜어져 나갔다.

파삭!

단 한 번 휘둘렀을 뿐인데 특수 코팅이 불타 버린 양손 대검이 부서져 나갔다.

위력은 확실했다. 칼날이 질주한 궤적 10미터 범위에 있는 모든 것이 그 빛에 베어져 나간다. 에우라스도 예외가 아니었다. 그가 숙주로 삼은 오우거 시체가 비스듬하게 잘려서 부서지고 있었다.

〈감히, 버러지 주제에……!〉

하지만 목이 날아갔는데도 에우라스는 죽지 않았다. 다만 극도로 불안정해져서 시체를 움직이는 뇌전이 끓어오르기 시작했다.

용우는 멈추지 않았다.

—에어 바운드!

주먹을 내지르자 대기가 폭발하면서 에우라스를 멀찍이 밀어내었다.

그리고 물 흐르듯이 자연스럽게 그 손에 총 한 자루가 나타났다.

개인화기라기에는 너무나 거대한, 대(對)몬스터 저격총이.

—염동충격탄(念動衝激彈)!

푸른 에너지탄이 에우라스의 몸을 관통했다. 원래부터 너덜너덜해졌던 몸에 커다란 구멍이 뚫리면서 폭발했다.

콰콰콰콰광!

용우가 허공장을 넓게 펼쳐서 그 충격파를 받아냈다. 그러지 않았다면 쓰러져 있던 헌터들은 죽었을지도 모른다.

파지지직……!

그런데 놀라운 일이 벌어졌다.

완전히 흩어지지 않고 대기 중에 흐르던 뇌전이 한곳으로 뭉치더니 인간과 흡사한 형상을 만들어내는 게 아닌가?

〈기억해 두겠다, 내 화신을 해친 자여!〉

뇌전으로부터 격노한 텔레파시가 쏟아져 나왔다.

〈다시 만나는 날, 네 죗값을 치르게 할 것이다……!〉

"일방적으로 처발린 잡것이 뭐 그렇게 혓바닥이 길어? 버러지 새끼, 네놈은 백 번을 덤벼봤자 안 돼."

〈이……!〉

격노한 인간 형상의 뇌전은, 결국 반박하지 못하고 흩어졌다.

용우는 M-링크 시스템을 끄고 통신으로 상황을 보고했다.

"정체불명의 적, 일단 에우라스라고 부르겠다. 에우라스와 교전해서 섬멸했다. 부상자들이 있으니 빠르게 지원 바란다."

다행히 에우라스를 쓰러뜨리자 통신이 복구되었다. 다른 헌터들이 달려오는 동안 용우는 쓰러진 찰리 분대원들에게 치료 스펠을 한 번씩 걸어서 숨통을 틔워주고는 오우거 로드에게로 다가갔다.

오우거 로드의 몰골은 처참했다.

찰리 분대원들은 포박을 위해서 오우거 로드의 팔다리를 자르고 그 단면을 지져 버렸다. 그 상태에서 에우라스가 발하는 뇌전과 충격파에 두들겨 맞기까지 해서 아직까지 살아 있는 게 신기할 지경이다.

'이대로 놔두면 곧 죽겠군.'

용우는 눈살을 찌푸렸다. 치료 스펠을 펼친다 한들 살릴 수 있을지 회의적이었다.

"크르르, 케르, 크르르키룩……."

으르렁거림이라기에는 기묘한 리듬이다. 용우는 오우거 로드가 자신에게 말을 걸고 싶어 한다고 느꼈다.

"들어주지. 짖어봐라."

용우가 텔레파시 스펠을 펼치자 오우거 로드가 눈을 부릅뜨고 물었다.

〈크으윽……. 아무리 불완전한 강림이었다고는 하나 군주의 뜻을 저지하다니, 네놈의 정체는 뭐냐?〉

'에우라스라는 놈은 이놈들에게 '군주'라고 불리는 개체인가.'

마치 7인의 고스트처럼, 그러나 인간이 아니라 몬스터의 시체에 빙의해서 나타난다. 그리고 지휘관 개체와는 달리 텔레파시 능력을 가졌다.

"군주인지 뭔지 모르겠지만 기습으로 재미를 봤을 뿐이지. 그게 아니었으면 딱히 내가 아니더라도 금방 처맞고 찌그러졌을 거다."

용우가 코웃음을 쳤다.

예상치 못한 사태에 허를 찔려서 피해가 나왔을 뿐, 1부대의 수준이면 다른 분대가 합류하는 시점에서 에우라스를 충분히 정리하고도 남았다.

"네놈들은 뭐지?"

〈말할 것 같으냐?〉

"상관없다. 어차피 너는 포획되었고……."

—리모트 힐.

용우는 원격 치료 스펠로 오우거 로드를 치료해 보았다. 살리기는 무리지만 조금이라도 길게 대화를 나누기 위해서였다.

"부상으로 죽게 내버려 두지 않을 거다. 이제 인류가 얼마나 본인의 의사와는 상관없이 목숨을 붙여놓은 채로 고통을 주는 기술을 발전시켰는지 그 몸으로 맛보게 될 거야."

〈크크큭…….〉

오우거 로드는 두려워하기는커녕 같잖다는 듯이 웃었다.

용우의 거짓말을 간파했기 때문이 아니었다.

〈고통과 죽음. 그것이 너희들이 나를 다루려는 방식인가?〉

"외계 지성체와의 퍼스트 콘택트치고는 아주 유감스러운 방식이지만."

〈그런 방식으로는 내게서 아무것도 얻을 수 없다.〉

"글쎄, 시험해 보면 알겠지."

〈우리에게 죽음이란 의미가 없다. 너희는 우리를 죽일 수 없다. 그저 파괴할 뿐, 우리의 생명을 해하는 것은 불가능해.〉

용우의 눈이 가늘어졌다.

오우거 로드의 말은 노골적으로 한 가지 사실을 암시하고 있었다.

"빙의했을 뿐이니 그 육체가 아무리 파괴당한다 한들 진짜 죽는 건 아니라 이거군. 고통도 마찬가지라는 건가?"

〈하잘것없는 존재여, 진정한 불멸의 무서움을 알겠느냐?〉

용우가 어이없다는 듯 물었다.

"네 몸 아니라서 아플 일도 죽을 일도 없어서 무섭지도 않다 이건데, 그게 그렇게 자랑스럽냐?"

〈무슨 말을 하고 싶은가?〉

"요는 그 몸이 너희들에게 있어서는 원격조종할 수 있는 군사 병기라는 거잖아? 그걸 조종하는 네 실력이 형편없어서 아무런 전과도 올리지 못하고 망가졌는데 그렇게 정신 승리 하고 있으면 부끄럽지 않냐?"

〈……〉

"너희들 정체가 뭔지는 모르겠지만 참 불쌍한 놈들이다. 얼마나 인재가 없으면 너 같은 놈을 쓰고 있는 거지?"

〈버러지 같은 놈이 감히…….〉

"한 가지는 확실하군."

용우가 싸늘하게 웃으며 단언했다.

"너희는 인간이거나 아니면 인간과 아주 유사한 지적 생명체겠어."

단순히 대화가 통하는 것을 넘어서, 사고방식이나 감정의 원인이 인간과 유사하다. 짧은 대화만으로도 그 사실을 확신할 수 있었다.

'다르긴 하겠지만 그 차이는 다른 문화권의 인간 수준 정도인 것 같은데?'

물론 용우는 여기에 대해서 심도 깊은 분석을 해볼 만한 지식이 없었다. 나머지는 이 대화 내용을 전해 받을 전문가들의 일이 될 것이다.

〈이놈……!〉

오우거 로드는 분노해서 뭔가 말하려고 했다.

하지만 그 말이 무엇인지 들을 기회는 없었다.

"이런. 죽어버렸군. 한 번 더 치료할걸 그랬나."

용우가 혀를 찼다.

결국 오우거 로드의 몸이 버티지 못하고 죽어버렸던 것이다.

"어디의 외계인 새끼들인지 모르겠지만 게임 감각으로 지구를 노리고 있었다 이거지? 자신들이 전쟁을 하고 있다는 사실을 깨닫게 만들어주마."

용우가 경멸을 담아 중얼거렸다.

짧은 대화였지만 많은 정보를 얻었다. 특히 용우 자신에게는 굉장히 의미 있는 정보를.

3

1부대는 결국 지휘관 개체 포획에 실패했다.

오우거 로드가 죽은 시점에서 게이트 소멸이 시작되자 1부대는 발 빠르게 전장을 수습하기 시작했다.

용우는 한발 빠르게 문밖으로 나왔다.

그 역시 에우라스와의 교전으로 부상을 입었기 때문이다. 스스로 치료 스펠을 써서 치료하기는 했지만 안정된 공간에서 휴식을 취하는 게 좋았다.

간이침대에 누워서 휴식을 취하던 용우에게 한 사람이 다가왔다.

"큰 신세를 졌다. 자네를 데려오길 천만다행이군."

오성준이 무거운 어조로 말했다.

전혀 예상치 못한 에우라스라는 적의 출현으로 1부대에서 전사자가 한 명 발생했다. 용우가 아니었다면 피해는 그 정도로 그치지 않았을 것이다.

"고인의 명복을 빕니다. 장례식장이 결정되는 대로 알려주십시오."

이 작전 전까지는 이름도 얼굴도 모르던 사람이다. 하지만 같은 전장에서 싸우다 죽어갔으니 명복을 빌어주는 것이 도리라고 생각했다.

"알겠다. 그리고……."

오성준이 잠깐 머뭇거리다가 물었다.

"어땠나, 1부대는?"

지금 분위기에서 물어볼 질문은 아닐 것이다. 하지만 그럼에도 그는 물어보고 싶은 충동을 억누르지 못했다.

용우는 그의 복잡한 심경을 가늠하듯 잠시 바라보다가 대답했다.

"사장님이 왜 은퇴했는지 이해가 가더군요."

엉뚱하게 들리는 대답이었다.

하지만 오성준은 그 대답이 1부대에 대한 최고의 찬사임을 알고 미소를 지었다.

작년 9월에 대전에서 2부대를 위기에서 구했을 때, 용우는 오성준에게 감탄했다. 도저히 현역에서 은퇴한 사람이라고 볼 수 없는 실력이었으니까.

그래서 그가 은퇴한 것은 어디까지나 사장이기 때문이라고 생각했다.

오성준은 거대한 사업체를 총괄하는 인물이다. 최전선에서 일개 헌터로 목숨 걸고 싸우기보다는 팀 블레이드 소속의 헌터들이 마음 놓고 싸울 수 있는 환경을 만들어주는 것이 더 중요하지 않겠는가?

하지만 1부대의 전투를 보자 그것이 착각이었음을 깨달았다.

"5세대 헌터들이 햇병아리티를 벗고 헌터로서 물이 오르기 시작했을 때, 나는 물러날 때가 되었다고 느꼈다."

오성준은 뛰어난 헌터였다.

그의 전투 감각은 그야말로 초일류다. 또한 한국에서 가장 많은 경험을 쌓은 헌터이며, 지금 기준으로도 높은 편에 속하는 페이즈9의 마력을 가졌다.

그러나 그럼에도 그는 뚜렷한 한계에 부딪쳐 있었다.

"아무리 노력해도 특성과 스펠만은 어쩔 수 없지. 냉정하게 판단해서 나는 2군에서나 쓸모가 있는 수준이고, 그럴 바에는 사장으로서의 일에 전념하는 편이 낫다고 여겼다."

각성자들이 세대를 거듭할수록 강해지는 이유는 오로지 각성자 튜토리얼에서만 얻을 수 있는 힘, 특성과 스펠 때문이다.

그 둘이야말로 각성자의 잠재력이다. 2세대 각성자인 오성준은 이 근본이 부실했다.

비유하자면 프로 복서이면서도 잽과 스트레이트 두 종류의 펀치만으로 싸우는 것이나 마찬가지였다.

그런데도 오성준이 아직 현역으로 통용될 실력을 가졌다는 것은 그가 얼마나 대단한 실력자인지를 증명해 줬다. 그는 분명 시대의 전설로 남을 만한 헌터였다.

"7세대들의 잠재력이 개화할 때면 8등급 몬스터 공략도 가시권에 들어올 거다. 그날이 오면 재해 지역을 수복하는 것을 목표로 1부대에 모든 자원을 집결시켰지."

각성자들이 출현하면서 인류는 게이트 재해에 대항할 힘을 손에 넣었다. 잃었던 영토를 수복하고, 사회를 정상화하는 데 성공했다.

하지만 모든 영토를 수복한 것은 아니다.

한국 정부가 구 북한 영토 중 고작 2할 정도만을 병합한 것도, 중국이 7개국으로 찢어져 있는 것도, 그리고 구 영국령이 죽음의 땅으로 남아 있는 것도 그런 이유에서다.

인간의 손이 닿지 않으며 최종 병기인 핵무기로도, 심지어 몇 년 전부터 실전 투입된 레이저 수소폭탄이나 신의 지팡이 같은 최첨단 전략 병기로도 무찌르지 못한 재앙.

8등급 이상의 몬스터들이 한때 인류의 영토였던 곳을 차지

했다.

인류가 이 재해 지역에 대해서 할 수 있는 것은 별로 없다. 지속적으로 게이트 브레이크가 일어나서 몬스터들의 수가 늘어나면 폭격을 가해서 확산을 막는 것뿐이다.

그러나 그것은 대단히 위태위태한 방어전이었다. 8등급 이상의 몬스터들이 영역 의식을 가져서 망정이지, 자유분방하게 돌아다녔다면 인류는 파멸했을지도 모른다.

언제까지고 이런 위태위태한 상황을 지속할 수는 없다. 1부대는 오성준이 이 상황을 타파하기 위해 벼리고 있는 검이었다.

"솔직히 우리 부대만으로 해낼 수 있다고는 생각하지 않지만… 그때는 가까워지고 있다. 하지만 목표가 가까워졌다 싶으니 새로운 난관이 앞을 가로막는군."

"……"

용우는 그가 하고 싶은 말을 이해할 수 있었다.

지구에는 퍼스트 카타스트로피 이후 13년 동안 구축된, 게이트 재해에 대한 상식이 있었다. 그것은 절망적일지언정 뚜렷한 기준이었기에 오성준은 목표를 정하고 꾸준히 달려왔다.

그러나 용우의 등장을 기점으로 상식이 파괴되기 시작했다.

전장을 지배하는 룰이 바뀌자 바로 앞까지 다가왔던 목표가 신기루처럼 멀어져 갔다.

"좋게 생각하시죠."

"어떻게 말인가?"

"룰이 바뀐다는 것은, 그만큼 진행되었다는 의미라고. 그건 끝도 그만큼 가까워졌다는 의미죠."

"……"

오성준은 잠시 말문이 막혔다. 곧 그가 무거운 어조로 말했다.

"끝이라……"

퍼스트 카타스트로피는 인류의 상식을 극적으로 바꿔놓았다. 더 이상 진정으로 안전한 장소 따위는 존재하지 않았다.

사람들은 언제 어디서 허공에 뻥 뚫린 구멍을 보게 될까 두려워했다.

그 구멍에서 튀어나온 괴물이 자신의 집을, 동네를 파괴할까 무서워 떨어야만 했다.

더 이상 그런 일이 없는 세상은 모두가 꿈꾸어온 세상일 것이다.

하지만 정작 그게 가능하다고 믿는 사람은 없었다. 13년의 세월이 흐르면서 사람들은 게이트 재해가 인류가 계속해서 싸워야만 하는 질병 같은 존재임을 인정하고 말았다.

오성준도 마찬가지였다.

그가 꿈꾸어온 것은 절망 속에서 숨통을 틔우는 것이었지, 절망 그 자체를 없애 버리는 것이 아니었다.

"정말 그런 일이 가능할까?"

"가능하게 만들 겁니다."

용우는 잠시의 망설임도 없이 단호하게 말했다

"반드시."

*   *   *

구세록의 계약자 7인은 술렁이고 있었다.

"다니엘 윤, 정보를 얻었나?"

그들은 정보 공간을 통해 시공간의 제약을 초월하여 소통한다. 때로는 물리적 제약을 초월하여 서로에게 힘을 빌려주기도 한다.

또한 그들은 원한다면 게이트 안을 들여다보고, 그 안에 개입하는 것조차 가능했다. 이미 인간을 초월한 권능을 손에 쥐고 있는 것이다.

하지만 그럼에도 그들의 본질은 땅에 발 디디고 살아가는 인간이었다.

결코 전지전능한 존재가 아니다. 특히 자기가 살고 있는 곳에서 멀리 떨어진 나라의 일을 알려면 지극히 인간다운 과정,

즉 정보 공유가 필요했다.

현재 한국을 담당하는 것은 다니엘 윤이다.

그는 정부와 헌터 업계에 막대한 영향력을 행사하는 팀 이그나이트의 CEO라는 신분으로 필요한 정보를 얻고 있었다.

"팀 블레이드의 1부대가 지휘관 개체 포획을 시도했을 때, 정체불명의 적이 나타났다."

다니엘 윤이 심각한 표정으로 자신이 얻은 정보를 이야기해 주었다.

"지휘관 개체라면 코어 몬스터인데 그걸 포획해? 그런 짓을 했다고?"

다들 술렁였다.

인위적으로 게이트 브레이크를 일으켜서 코어 몬스터를 포획한다니, 정말이지 터무니없는 짓이었기 때문이다.

"포획 자체는 성공하고 게이트 브레이크를 기다리는 중이었다는군."

"혹시 그것도 0세대 각성자가 한 건가?"

"아니, 그건 온전히 팀 블레이드가 해낸 일이다."

다니엘 윤의 말에 몇몇 이들이 불편한 기색을 드러냈다.

"선택받지도 못한 땅의 잡것들이 그렇게까지……"

"젠장, 반도의 원숭이들이 주제를 모르는군."

구세록을 추종한다는 점에서 그들은 국적을 초월하여 세계를 구하고자 하는 동지들이다.

그러나 그들 개개인은 자신이 어느 나라 사람인가 하는 정체성을 벗어나지 못했다. 그러기는커녕 강하게 집착하면서 서로 갈등을 빚었다.

다니엘 윤이 코웃음을 쳤다.

"한심한 놈들."

그러자 그를 향해 살기가 쏟아졌다. 하지만 다니엘 윤은 눈썹 하나 깜짝하지 않았다.

"중요한 것은 에우라스라고 불리는 놈이다."

다니엘 윤이 에우라스에 대한 정보를 말해주자 다들 술렁였다.

"몬스터의 시체에 빙의해서 나타난다고?"

"마치 우리 같지 않은가?"

그렇다.

그들 7명이 바로 '고스트'라 불리는, 아직 인류의 힘이 못 미치는 몬스터들을 쓰러뜨려 세계를 수호해 온 존재들이었다.

"게다가 에우라스라는 놈의 힘은 뇌전이었지. 뇌전에 특화된 모습을 보였다는 점이 마음에 걸린다."

"성좌의 힘과 대응할 가능성인가?"

이들 7인은 지구가 아닌 다른 세계의 신성한 7성좌의 힘을 가진 자들이다.

그 힘은 7세대 각성자와 함께 지구에 출현한 7개의 아티팩트의 오리지널이었다.

다니엘 윤이 말했다.

"에우라스가 뇌전의 사슬에 대응하는 존재라면, 최소한 그런 존재가 6명은 있을 거라고 추측할 수 있지."

"그렇다면 그들이 종말의 7군주라는 뜻이군."

구세록에는 게이트 재해의 원흉이 되는 종말의 7군주라는 존재가 언급되어 있었다. 그들은 그 어떤 몬스터보다도 강력한 존재로 7성좌의 힘에 대응하는 힘을 가졌다고 한다.

"만약 그렇다면 지휘관 개체의 출현 이상으로 골치 아픈 사태군. 그놈들은 어느 게이트에서든 나타날 수 있는 데다가 우리처럼 사실상 불멸일 것 아닌가?"

"다시 돌아온다는 말을 남겼다는 것으로 봐서는 그렇겠지."

"음······."

다들 신음했다.

사실 다니엘 윤은 이 정보를 공유하는 것에 대해서 고민했다. 한국 정부가 다른 나라와 거래할 때 유리하게 쓸 수 있는 카드였기 때문이다.

다른 계약자들이 그렇듯 다니엘 윤 역시 한국인이라는 정체성을 버리지 못했다. 고스트로 활동할 때도 최우선적으로 한국을 보호해 왔기에 한국이 지금까지 무사히 성장해 올 수 있었던 것이다.

하지만 에우라스에 대한 것은 감추기에는 너무나 치명적인 정보다. 구세록의 계약자들이 반드시 알아둬야 할 정보이기에 공유해야 한다는 결론을 내렸다.

"확실히⋯ 퍼스트 카타스트로피 이후 처음으로, 우리의 싸움이 새로운 국면으로 접어든 것인지도 모르겠군."

구세록의 계약자들은 위기감에 사로잡혔다.

"지혜의 빛으로 끝나지 않아. 다음은 '몽상가'가 놈들 사이에서 나타날 것이다."

구세록은 앞으로 게이트 재해가 더 끔찍해질 것을 예고하고 있었다.

'지혜의 빛'의 의미는 몬스터들 중에 지성체가 출현하는 것임이 밝혀졌다.

그렇다면 앞으로 예고된 구절들은 얼마나 더 끔찍할 것인가?

어쩌면 인류가 지금까지 해온 싸움은 거대한 재앙의 프롤로그에 불과했을지도 모른다. 그런 절망적인 예감이 구세록의 계약자들을 사로잡았다.

"방법을 찾아야 해."

"놈들이 변한다면, 우리 역시 변해야만 한다."

"어차피 우리들뿐이니까."

"이 세계를 지킬 수 있는 것은, 우리들뿐."

그것은 16년간 한 번도 흔들리지 않은 확신이었다.

그러나······.

'과연 그럴까?'

다니엘 윤은 그 사실에 회의를 품기 시작했다.

4

용우는 한국 게이트 재해 연구소에 와 있었다.

팀 블레이드가 포획한 오우거 로드의 정보를 연구소에 공유하기 위해서였다.

오우거 로드와의 짧은 대화를 통해서 용우가 뽑아낸 정보는 꽤 많았다. 각 분야의 전문가들이 그 정보를 두고 열띤 토론을 벌이고 있었다.

"수고했어요."

그 토론장에서 빠져나온 용우에게 권희수 박사가 음료수 캔을 하나 내밀었다.

그것을 받아 든 용우가 떨떠름한 표정을 지었다.

'팥죽 라떼?'

권희수가 자신을 놀리려고 이런 걸 줬나 싶어서 바라보자 그녀가 고개를 갸웃했다. 그녀는 팥죽 라떼 캔에 빨대를 꽂아서 쪽쪽 빨아 마시고 있었다.

"……."

아무래도 진짜 자기가 좋아하는 걸 준 모양이다.

용우가 물었다.

"박사님은 나와 있어도 됩니까?"

"지금 열심히 토의하고 있는 주제가 제 전공 분야하고는 거리가 멀어서요."

권희수는 시큰둥하게 말하고는 용우의 옆에 앉았다.

지휘관 개체에게 빙의한 존재들의 정신이 인간과 얼마나 유사한가, 그들이 텔레파시를 통해 수월하게 대화를 나눌 수 있을 정도의 언어 체계를 갖추고 있다면 인류와 흡사한 문명을 갖추고 있을까……

그런 주제는 권희수의 관심사가 아니었다.

"팀 크로노스에서도 포획을 추진해 보겠다고 했는데, 포획이 가능하다고 보세요?"

"불가능할 건 없다고 봅니다. 그 에우라스 같은 놈이 또 나타나지만 않는다면."

"포획하면 신문하는 거 도와줄 수 있어요?"

"저 비싼 몸입니다."

용우가 농담조로 말하자 권희수가 전혀 농담기 없는 어조로 대꾸했다.

"그 어비스 과금인가? 그거 하면 돼죠?"

"……."

"왜요? 안 돼요?"

"아니, 되긴 합니다만……."

억 단위 돈을 아무렇지도 않게 생각하는 쿨함에 용우가 살짝 당황스러울 정도였다.

권희수가 한숨을 쉬며 말했다.

"그나저나 이제는 정말로 주술사나 엑소시스트가 필요한 국면인지도 모르겠어요. 죽여도 죽지 않고, 몸을 마치 탈것처럼 갈아탈 뿐이라니."

"같잖은 것들입니다. 다음번에는 제대로 쓴맛을 보여줄 겁니다."

"음?"

용우의 투덜거림에 권희수가 놀랐다.

"그런 방법이 있나요?"

"있습니다. 하지만 다음번에 실험해 봐야 확실해지겠죠."

"알려주세요. 제가 미리 알아두면 도움이 될 수도 있잖아요."

"글쎄요."

"그래도……."

끈질기게 달라붙는 권희수는 눈을 반짝반짝 빛내고 있었다.

하지만 용우는 심드렁하게 대답했다.

"실마리는 저 말고 다른 데서 찾으시죠."

"음? 무슨 뜻이에요?"

"7세대 각성자들의 보유 스펠을 전부 조사해서 리스트화하세요. 지금 단계에서는 못 쓰는 스펠들까지 전부."

이 시점에서 7세대 각성자들은 잠재력의 반도 못 끌어내고 있는 상황이다.

그들이 아직 헌터로서의 경험이 적다는 문제도 있지만, 더 큰 문제는 마력이었다.

전부는 아니지만 고위 스펠은 거의 대부분 그만큼 많은 마력을 필요로 한다.

그리고 7세대 각성자들의 마력은 아직 한참 성장해야 하는 수준이었다. 7세대 각성자 중 최고의 마력을 가진 헌터도 아직 페이즈6에 머무르고 있다.

그들이 각성자 튜토리얼에서 얻은 모든 힘을 쓸 수 있게 되기까지는 아마도 2년은 걸릴 것이다. 이전 세대들도 그랬으니까.

"왜요?"

"놈들이 휴머노이드 몬스터에 '빙의'한다는 것은, 어쨌거나 정신의 일부가 거기에 머무르고 있다는 겁니다. 단순히 원격 조종만 할 뿐이라면 빙의했을 때 힘이 상승하는 것까지는 설명이 안 되지 않습니까?"

"흠, 일리 있네요. 그래서요?"

"이 가설이 맞다면, 놈들을 엿 먹이는 방법은 아주 간단합니다."

"뭔데요?"

"정신… 정확히는 정신을 담는 그릇이 되는 것, 정신체 혹은 아스트랄 바디라고 불리는 것을 파괴하는 스펠을 쓰면 됩니다."

"……."

순간 권희수가 멍한 표정을 지었다.

곧 그녀가 물었다.

"정신체라니… 그거 유령이랑 비슷한 의미죠? 그런 게 실존한다고요?"

"예."

"아, 하긴 당신이 말한 것 중에는 언데드라는 것도 있었죠. 확실히 과학자보다는 엑소시스트가 더 전문가 취급받아야 할 것 같은 상황이네요."

권희수는 황당하다기보다는 흥미롭다는 표정이었다.

"하긴 마력의 등장으로 인해서 기존 물리학 체계가 붕괴한 마당에 그거 인정 못 할 것도 없죠. 어쨌든 그 정신체에 타격을 줄 수 있는 스펠이 있다는 거죠?"

"있습니다."

"당신도 쓸 수 있는 거죠?"

"그렇습니다. 하지만 별로 참고는 안 될 겁니다. 7세대는 아직 그런 스펠들을 쓸 수 있는 수준에 도달하지 못했어요."

"마력의 문제인가요?"

용우가 고개를 끄덕이자 권희수 박사는 잠시 생각해 보더니 물었다.

"M—링크 시스템을 쓰면요? 그래도 마력이 모자라요?"

"M—링크 시스템은 이미 발한 마력장과 스펠의 위력을 증폭해 주는 겁니다. 마력 기관 자체가 강해지는 건 아니라서 안 됩니다."

마력 기관은 새로운 페이즈로 성장할 때 저장량과 출력만 오르는 것이 아니다. 질적 향상도 이루어지며, 그것은 고위 스펠의 사용 조건과 밀접한 연관성이 있었다.

"테스터들을 통해서 파악하지 않았습니까?"

"파악했죠. 흠……."

권희수 박사는 그 말에 곰곰이 생각에 잠기더니 물었다.

"만약 7세대에게 그런 스펠이 없으면요?"

"그럴 경우에는 일단 가뜩이나 비싼 제 몸값이 더 뛰겠군요. 그리고……."

뻔뻔하게 말한 용우는 한 사람을 떠올리며 씩 웃었다.

"아티팩트가 승리의 열쇠가 되겠죠."

                    *   *   *

그런 이유로, 유현애는 한국 게이트 재해 연구소에 불려왔
다.

그녀에게 이 연구소는 이미 익숙한 장소였다. 지금까지 꾸
준히 아티팩트 연구 협력을 해오고 있었기 때문이다.

"어······."

긴급하게 불려온 유현애가 용우를 보고 놀랐다.

"아저씨는 왜 여기에 있어요?"

"아저씨?"

그 호칭에 권희수가 용우를 바라보았다.

용우는 심드렁하게 대답했다.

"너를 부른 게 나니까."

"권 박사님이 아니라요?"

"내가 부른 거 맞아. 제로가 현애 널 부르자고 해서 내가
불렀어."

"제로?"

유현애는 이게 대체 뭐냐는 표정으로 두 사람을 번갈아 쳐
다보았다.

용우의 정체를 모르는 사람이라면 모를까, 얼굴 보고 이야기하고 있는 걸 보면 알고 있는 게 분명한데 왜 서용우라는 이름 놔두고 제로라고 부른단 말인가?

권희수가 고개를 갸웃했다.

"왜?"

"아니, 왜 아저씨를 제로라고 부르나 싶어서요."

"내가 이 사람을 아저씨라고 부르기는 좀……."

"그게 아니라! 본명을 알면서 왜 굳이 제로라고 부르냐고요."

유현애는 새삼 권희수가 상대하기 힘든 사람이라고 생각했다.

"그거야 우리 연구실에 등록된 코드네임이 제로니까."

"……."

하나도 설명이 되지 않는다. 하지만 권희수는 확실하게 이유를 설명했다는 표정이었고, 용우를 보니 뭔가 포기한 표정을 짓고 있었다.

권희수가 태블릿을 켜면서 말했다.

"현애야, 네가 보유한 모든 스펠을 말해줄래?"

"음? 그건 왜요?"

"7세대의 보유 스펠을 리스트화하는 작업이 필요하거든."

"어, 그건 계약상 팀하고 이야기해 봐야 하는 사항인데요."

"그래?"

권희수가 고개를 갸웃했다. 그러더니 전화기를 들고 일어났다.

"잠깐 전화 좀 하고 올게요."

그리고 잠시 후 돌아온 그녀가 말했다.

"이제 됐어. 말해도 돼."

"…네?"

"장관님한테 부탁해서 헌터 관리부에서 7세대 보유 스펠의 리스트화에 대한 긴급 지원 명령 내려달라고 했어. 해주신대."

"……."

권희수가 너무나 어마어마한 이야기를 아무렇지도 않게 하자 유현애가 입을 쩍 벌린 채 굳었다.

권희수가 고개를 갸웃했다.

"왜?"

그 모습은 참으로 천진해 보이기까지 했다. 외모로 보면 유현애랑 비슷한 연령대라고 해도 믿을 수준이라 더 그렇다.

"아, 아니, 아무것도 아니에요."

유현애는 굳이 자신이 느낀 것을 권희수에게 설명하길 포기했다.

곧 유현애의 보유 스펠을 리스트화하는 작업이 끝나자 권희수가 용우에게 물었다.

"혹시 이 중에 있어요?"

권희수의 전공 분야인 마력 연구에는 스펠에 대한 연구가 포함되어 있었다. 그녀의 역작인 증폭 탄두부터가 스펠의 사거리와 위력을 증폭시키는 것을 목적으로 만들어졌으니 당연한 일이다.

그런 만큼 그녀는 아직 세상에 드러나지 않은 스펠들에 지대한 흥미를 느꼈다.

용우가 고개를 끄덕였다.

"둘이나 있군요."

"뭔데요?"

"영파탄(靈破彈)과 아스트랄 플레어."

용우는 언데드에게도 통용되었던 스펠을 짚었다.

그러자 유현애가 난감해했다.

"저 그거 아직 못 쓰는데……."

유현애의 마력 기관은 아직 페이즈5였다.

그리고 용우가 짚은 것들은 아직까지 헌터 업계에 쓰는 사람이 없어서 데이터가 없는 미지의 스펠이다.

용우가 말했다.

"아마 영파탄은 페이즈8, 아스트랄 플레어는 페이즈9 정도면 쓸 수 있을 거다."

"어떻게 알아요?"

"써봤으니까."

그렇게 말한 용우가 유현애를 빤히 바라보았다.

유현애가 움찔하며 물었다.

"왜, 왜요?"

"아니, 이 스펠들을 보니… 역시 넌 저격수가 아니라 올라운더에 가깝구나 싶어서."

유현애는 한국의 7세대 각성자 중에서는 각성자 튜토리얼에서 최고 성적을 기록한 인물이다.

팀 반도호랑이는 불꽃의 활 때문에 그녀를 저격수로 훈련시켰지만, 보유한 스펠 구성으로 보면 그녀는 올라운더에 가까웠다.

근접전도 가능하고 중거리전도 가능하고 원거리전까지 가능하다. 힐러를 제외한 그 어떤 포지션도 소화해 낼 수 있는 잠재력이 있다.

'아마 7세대 성적 상위권자들은 다 그렇겠지.'

유현애만큼은 아니더라도 다들 풍부한 스펠을 보유하고 있을 것이다.

"팀에서는 너한테 어떤 포지션을 요구하고 있지?"

"그야 당연히 저격수죠. 아티팩트는 대체 불가능한 장비고, 제 아티팩트는 활이니까……."

"음……."

"왜요?"

유현애는 의아해하며 물었다. 용우가 뭔가 굉장히 불만스러워 보였기 때문이다.

"…됐다. 너를 어떻게 성장시켜서 써먹을지는 너희 팀 소관이지 내가 참견할 영역이 아니지."

"아니, 사람 궁금하게 만들어놓고 그러는 게 어디 있어요?"

"별거 아냐."

"마치 우리 팀 방침이 잘못됐다는 투잖아요. 나 막 불안해지거든요? 말이라도 해봐요."

유현애가 달라붙자 용우가 정말 싫다는 표정을 지었다.

유현애도 그렇고 권희수도 그렇고 만나는 여자들마다 왜 이렇게 끈덕진지 모르겠다.

하지만 유현애의 말에도 일리가 있었기에 용우는 결국 한숨을 쉬며 입을 열었다.

"일단 이건 어디까지나 내 개인적인 생각일 뿐이야. 너한테 이래라저래라 하는 거 아니니까 그 점을 확실히 해두고 넘어가자."

"알겠어요."

"내가 보기에 활이라는 무기는 저격수에게 어울리는 무기가 아냐."

"네에?"

유현애가 무슨 소리를 하느냐는 표정을 지었다.

용우가 심드렁하게 말했다.

"그렇게 반응할 줄 알았다. 하지만 잘 생각해 봐. 근대 이전이라면 모를까 총화기가 발달할 만큼 발달한 요즘 세상에, 그것도 헌터의 전술상에서 저격수 포지션을 수행하려면 애로사항이 꽃피지 않나?"

유현애의 불꽃의 활은 일반적인 활이 갖는 물리적인 한계를 초월한 무기다.

화살을 무겁게 짊어지고 다닐 필요도 없고, 그것 때문에 탄수 제약을 받지도 않는다. 게다가 현대적으로 개량된 활들과 비교해도 사거리가 월등히 길다.

그럼에도 활이라는 한계를 벗어나지는 못한다.

"가장 큰 문제는 다루기가 까다롭다는 점이지."

활은 총과 비교할 때 압도적으로 높은 숙련도를 필요로 한다.

이 문제는 유현애가 전장에서 취약함을 드러냈던 부분, 역동적인 상황에서 적을 빠르게 조준하고 쏘는 기술에 국한되지 않는다.

저격수가 수행해 내야 하는 본질적인 역할, 원거리에서 적을 때리는 것에도 고스란히 적용된다.

"난 사격 솜씨가 그리 좋은 편이 못 되지만 그럼에도 원거리 사격 때는 전자 장치의 보정으로 명중률이 높아지지. 부유 중계기가 떠 있는 상태라면, 혹은 위성 데이터와 연결된 상태라면 2킬로미터 이상 떨어진 곳에서도 타깃을 명중시킬 수 있어. 그리고 현재 헌터 전술에서 5등급 이상의 몬스터를 상대할 때 저격수들이 선호하는 거리는 800미터 이상이지."

헌터 저격수의 역할은 인간들끼리의 전투에서 저격수가 수행하는 것과는 다르다.

그들에게 요구되는 기본 소양은 초장거리 저격이다. 고등급 몬스터와 싸울 때, 그들은 일반인에게는 불가능한 속도로 이동해서 고지대를 점하면서 초장거리 저격을 몇 발이고 성공시킬 수 있어야 한다.

1킬로미터 거리의 저격은 과거 인간들끼리의 전쟁에서는 성공시키는 것만으로도 초일류 저격수라는 평가를 받을 수 있었다.

그러나 헌터 저격수에게는 당연히, 마치 수십 미터 거리에서 조준하고 쏘는 것처럼 해낼 수 있어야 하는 일에 불과하다. 게다가 그 거리에서도 반격당해 죽을 수 있다는 점이 그들이 이전 시대의 저격수와 다른 점이었다.

"네가 과연 그 거리에서 적을 정확하게 맞힐 수 있을까?"

"…안 되죠."

"아무리 진짜 화살이 아니라 스펠을 날리는 것이라고는 하지만 사격 시에는 활의 특성에 갇힐 수밖에 없지. 심지어 불꽃의 활은 작은 활도 아니지."

유현애의 신체 능력은 일반인의 한계를 월등히 뛰어넘는다.

하지만 그럼에도 도구를 다룰 때 벗어날 수 없는 한계가 있다.

바로 체격과 체중이다.

불꽃의 활은 대형궁이기 때문에 체격이 작은 유현애는 아직까지도 연사 동작에 상당한 어려움을 겪고 있었다.

"연사는 그렇다 쳐도 네가 과연 순수한 활 솜씨로 1킬로미터 밖의 적을 타격하는 역할을, 확실한 신뢰성을 제공하면서 해낼 수 있을까?"

그 말에 유현애는 생각에 잠겼다.

4개월 동안 유현애는 활을 다루기 위해 많은 훈련을 했다.

헌터 업계에 활을 다루는 이는 별로 없었고, 있다 해도 변칙적인 작전 수행을 위해 쓰지 활 자체를 주 무기로 삼는 자는 없었다. 그렇기에 그녀는 헌터 업계가 아닌, 외부에서 활쏘기를 연마하는 전문가들을 초빙하여 교육을 받아왔다.

지금은 제법 활을 잘 다루게 되었다. 명중률도 어느 정도 나오게 되었고 점점 조준하고 쏘는 속도가 빨라지기도 했다.

하지만 용우의 질문을 들으니 자신이 없다.

용우가 말했다.

"네가 보유한 스펠들을 보면 너는 힐러를 제외한 모든 포지션을 소화할 수 있지. 무엇보다 체외 허공장을 가졌고."

사실 체외 허공장을 가진 자를 저격수로 쓰는 것부터가 전술적으로 낭비였다.

"하지만 활이라는 무기를 살려야 하니 근접 전투원 포지션은 너하고 안 맞아. 중거리와 근거리를 넘나들면서 사격 지원과 방어 보조를 맡는 쪽으로 가닥을 잡고, 팀의 전술을 거기에 맞춰서 업데이트하면 그 방면으로는 크게 될 잠재력이 있다고 본다."

"......"

"처음에 말했다시피 어디까지나 내 생각일 뿐이야. 너에 대해서는 너희 팀의 전문가들이 더 잘 알 테니 외부인이 겉핥기로 보고 쓸데없는 생각을 했구나, 하고 넘겨. 그보다 오늘 너를 부른 이유는……."

"아네요."

용우를 빤히 바라보던 유현애가 말했다.

"열심히 생각해 줘서 고마워요."

"딱히 열심히 생각한 건 아닌데."

"어쨌거나요. 하여튼 아저씨는 왜 사람이 감사하면 순순히 받질 못해요? 심보가 비뚤어졌다니까."

유현애는 투덜거리면서 '베에' 하고 혀를 내밀었다.

그 모습이 귀여워서 용우는 피식 웃고는 말했다.

"어쨌든 너랑 몇 번 연구 작업 하면서 알아낸 건데… 아티
팩트는 스펠과는 별개로, 자체적으로 내장된 힘만으로도 그
놈들을 엿 먹일 가능성이 있어. 그걸 여기 설비를 써서 확인
해 보고 싶다."

막대한 정보 자금으로 계속 업데이트되고 있는 이 연구소
의 설비는 한국 최고였다. 그렇기에 아무리 용우라고 해도 감
각만으로는 알 수 없는 다양한 데이터를 모아서 분석하는 게
가능하다.

"기대되네요."

가만히 두 사람의 대화를 듣고 있던 권희수의 눈에 생기가
돌기 시작했다.

그리고 그날의 테스트 결과는 용우의 기대를 벗어나지 않
았다.

Chapter15

변해 버린 세계

헌터라고 항상 훈련과 전투만 하며 사는 것은 아니다.

기본적으로 헌터 팀들은 소속된 헌터들에게 충분한 휴가를 보장하고 있었다.

목숨을 걸고 싸우는 전투 스트레스는 상상을 초월하기에 전쟁터에서 혹사당한 군인들의 정신이 망가지는 것은 당연한 결과다.

그렇기에 헌터 팀들은 헌터들에게 경제적 부유함을 제공하고 그것을 누릴 시간을 보장해 주었다.

용우는 프리랜서이기에 다른 헌터들보다 더 일정 조정이 여유로웠다.

하지만 요즘 들어서 용우는 정신이 없었다.

'이사라는 게 생각보다 큰일이군.'

실종되기 전에도 이사를 해본 적이 있긴 했다. 하지만 초등학생 시절이라 그저 부모님이 이사를 진행하면 따라갔을 뿐이다.

어른이 되어 직접 이사를 진행해 보니 이건 보통 귀찮은 일이 아니었다.

용우는 얼마 전, 의대 입시 준비를 위해서 직장을 그만둔 우희와 함께 인테리어 업체도 알아보고, 가구 등등을 보러 다니느라 바쁘게 움직였다.

새로 이사 갈 집은 보안이 잘되는 고급 아파트 최고층이었다. 지금 사는 우희의 아파트보다 훨씬 넓었기 때문에 집에다 놓을 가구를 이것저것 사야 했다.

그 쇼핑 과정에서 우희가 한마디 했다.

"오빠, 돈 많이 번 건 알겠는데… 너무 생각 없이 쓰는 거 아냐?"

용우의 쇼핑 스타일은 아주 심플했다.

우희가 이것저것 보다가 가장 좋다고 판단하는 게 나오면 그냥 사버렸다.

가격표 따위는 보지 않는다. 그에게 있어서 가격대 성능비

따위는 고려 사항이 아니었다.

용우가 어깨를 으쓱했다.

"이렇게 써봤자 티도 안 나."

"……."

"그리고 절약도 벌이에 맞춰서 해야지, 이만큼이나 돈을 벌어놓고 쓰지도 않고 처박아두면 그게 세상에 죄짓는 일 아닐까?"

"와……."

용우가 지구로 돌아온 후로 채 1년도 안 되어서 자산 규모가 천억 원을 돌파한 것을 생각하면 맞는 말이다.

맞는 말이긴 한데…….

'우리 오빠 왜 이렇게 재수 없지?'

재수 없어 보이는 건 어쩔 수 없었다.

"너랑 같이 나온 김에 차나 보고 갈까?"

용우는 그동안 한가롭게 빈둥거리며 지내지 않았다.

헌터로서 일하는 한편 변해 버린 세상을 따라잡기 위해 열심히 지식을 습득하고 공부를 했다.

그 공부 중에는… 15년 넘게 처박혀 있던, 진정한 의미에서의 장롱면허증을 쓸모 있게 만드는 것도 포함되어 있었다.

그동안은 멀리 나갈 일이 있으면 택시를 타거나, 아니면 우희 차를 타고 나갔지만 슬슬 차가 하나 있는 게 편할 것 같았다.

"어떤 차를 사려고?"

"비싸고 좋은 차."

"……."

"왜?"

"아니, 참… 세상에 이렇게 짜증 나는 대답이 또 있을까 싶어서."

우희는 한숨을 쉬고는 말했다.

"마음대로 해. 그래, 돈 많이 벌었으면 비싸고 좋은 차 타야지."

60억 원짜리 아파트도 여동생이 여기 좋다고 하자 그 자리에서 바로 질러 버린 사람한테 무슨 말을 하겠는가.

용우가 물었다.

"근데 요즘은 어디 차가 좋은지 모르겠어. 페라리나 포르쉐는 아직도 명품 취급 받는 것 같기는 한데……."

"스포츠카가 갖고 싶은 거야?"

"갖고 싶지 않다고 하면 거짓말이지만… 굳이 그걸 사야 할 정도는 아니고. 좀 실용적으로 쓸 수 있는 차가 좋겠어."

용우가 고개를 저었다.

그도 남자라서 스포츠카에 로망이 있지만 당장 필요한 건 여동생을 어디다 데려다주거나 쇼핑하러 다닐 때 유용한 차였다.

용우와 우희는 몇몇 자동차 매장을 돌아보면서 차를 골랐다.

그러다가 문득 자동차 매장에 비치된 잡지를 발견한 우희가 중얼거렸다.

"아, 이거 오빠 나온 그거다."

"음?"

용우가 의아해하자 우희가 헌터 업계를 다루는 잡지를 펼쳐서 보여주었다.

"7세대 헌터 10대 유망주라는 기획 기사에 오빠가 나왔어."

"아, 여기. 기억난다."

용우는 잡지 이름을 보고는 피식 웃었다.

"인터뷰 거절했는데 그냥 기사를 냈군."

특집 기사의 표지를 장식한 것은 유현애였다.

전에 들은 바로는 그녀는 미디어 노출이 상당히 많은 편이라 길 가다 보면 알아본 사람들에게 사인을 해달라거나 같이 사진 찍어달라는 부탁을 많이 받는다고 했다.

연예인으로 활동하고 싶은 마음은 없어서 따로 방송 출연은 하지 않지만 인터뷰에는 잘 응해주고, 또 외모가 예쁘기 때문에 언론에서 주목하는 것도 당연한 일이었다.

그에 비해 용우는 미디어 노출이 거의 없다. 지금까지 모든 인터뷰 요청을 거절해 왔기 때문이다.

인터뷰를 거절했어도 사진은 실려 있었다. 용우는 공식적인 사진 자료를 허락한 적이 없어서 파파라치들이 찍은 사진 중에 괜찮아 보이는 것을 실어놓았다.

'파파라치한테 찍히는 것도 대책을 강구하고 싶은데……'

용우는 어떤 식으로든 자신의 얼굴이 대중에게 알려지는 게 달갑지 않았다.

하지만 아직까지는 파파라치가 원거리에서 찍어대는 것까지 막을 방법이 없다.

은신 말고도 광학 장비 대책이 있기는 하지만 그걸 항시 쓰고 다닐 수는 없는 노릇이었다.

"코멘트라……"

어쨌든 기자는 용우의 인터뷰를 따지 못한 대신 용우와 함께 게이트 제압 작전을 수행했던 헌터들을 인터뷰해서 기사를 썼다.

'배틀 힐러는 이렇게 공을 들여서 기사를 써야 할 정도로 귀중한 자원이라는 뜻이겠지.'

국외까지 시선을 넓혀 보면 용우 말고도 7세대 각성자 중에 추가로 배틀 힐러가 나오기는 했다.

현재 용우를 포함해서 전 세계의 배틀 힐러는 총 15명이다.

하지만 경력이 오래된 배틀 힐러들은 슬슬 은퇴를 고려하고 있으니 내년쯤이면 그 수는 다시 줄어들 것이다. 그리고

결정적으로 용우를 제외하면 한국에는 새로운 배틀 힐러가
나오지 않았다.

"오빠가 마음먹으면 유명해지는 건 순식간이겠지?"

"전 세계적으로 실시간 검색어 1위가 될걸?"

"……."

용우는 농담처럼 말했지만 우희는 농담으로 받아들일 수
없었다. 정말로 그럴 것 같았기 때문이다.

'아마 전 세계의 기자들이 벌 떼같이 몰려들겠지.'

상상만 해도 끔찍한 상황이었다. 오빠가 무덤까지 비밀을
지켜내길 바랄 뿐이다.

"어쨌든 여기 차들이 괜찮네."

용우와 우희가 와 있는 곳은 에오제스라는 브랜드의 자동
차 매장이었다.

그들은 전기차만을 다루는 브랜드로 10년 전부터 세계 자
동차 시장의 신흥 강자로 떠올랐으며 한국에서도 인지도가
높았다.

용우가 에오제스를 마음에 들어 한 것은 차들의 디자인이
가장 미래적이라서였다.

다른 고급차 브랜드들이 비교적 예전의 틀을 지키면서 새로
운 것을 첨가한 디자인인데 비해 에오제스의 차들은 SF 영화
에나 나올 법한, 콘셉트 디자인에 가까운 미래적인 디자인을

뽐냈고 그러면서도 실용성을 다 갖춘 4도어 모델들도 내고 있었다.

'람보르기니스러운 디자인이군.'

람보르기니는 지금도 여전히 그 미래적인 디자인을 뽐내고 있다. 하지만 현재 판매되는 라인업 중에는 4도어 세단이 없어서 용우는 입맛만 다셔야 했다.

"이걸로 할까? 뒷좌석도 있고, 공간도 좁지 않아서 마음에 드는데."

"오빠 마음대로 해."

"너도 태워줄 건데 정말 괜찮겠어?"

"조금… 아니, 많이 요란하긴 하지만, 고급 차는 다 요란하니까 괜찮아."

우희는 될 대로 되라는 심정이었다.

"그럼 이걸로 하지. 옵션은 대충… 이거랑 이거 빼고 전부 다 넣어서."

용우가 고른 에오제스 화이트울프는 기본가만 해도 5억 원을 훌쩍 넘는 하이엔드 모델이었다. 용우가 고른 옵션들을 합치면 가격은 훨씬 더 뛰어오른다.

용우가 실종된 동안 물가가 많이 올랐다고는 해도 고급 차량 가격의 상승폭은 그렇게 크지 않은 편이었다. 슈퍼카 소리를 듣는 차들은 대개 이 정도 가격 선을 유지하고 있었다.

'내가 좀 경제 개념이 망가지긴 했군.'

그런 차를 일시불로 질러 버린 용우는 스스로의 경제 감각이 돌이킬 수 없을 정도로 파탄 났다는 사실을 인정했다.

하지만 그의 벌이를 생각해 보면 당연한 일이었다. 소시민적 경제 감각을 유지하기에는 계속 계좌에 꽂히는 현금 액수가 너무 강렬하다.

"전기차가 일상화된 세상이 15년도 안 되어서 올 줄은 몰랐는데."

"나도 그랬어. 세상이 꽤 빠르게 변했지."

용우는 자동차를 보면서 세월의 간극을 느꼈다.

상온 핵융합 기술로 인해 전기는 예전보다 훨씬 값이 저렴해졌고, 전기차 시장은 폭발적으로 성장해서 완전히 메인 스트림으로 자리 잡았다. 2027년 판매량을 기준으로 가솔린차의 점유율은 채 5%도 되지 않는다.

현재 가솔린차는 전기차보다 비쌌고, 아예 판매가 금지된 국가도 많았다. 그리고 허용된 국가에서도 전기차보다 훨씬 비싼 세금을 물어야 해서 점점 사장되어 가고 있었다.

용우가 실종된 15년이라는 시간 동안 기술은 폭발적으로 발전했다.

전투에 관련된 기술들만이 아니다. 실생활에서도 체감되는 변화가 컸다.

예를 들면 용우가 구입한 차에는 자동 주행 모드가 있었다.

그렇다고 운전자 뜻대로 움직이는 게 불가능한 것은 아니다. 기본적으로는 운전자가 운전하지만 서울을 비롯한 도심의 지정 구역에서는 아예 자동 운행이 의무화되어 있었다.

'농담 같은 세상이야.'

실현 불가능 하다고 여겨졌던 상온 핵융합 기술이 실현되면서 인류의 에너지 문제는 새로운 패러다임을 맞이했다.

더 이상 게이트와 몬스터는 일방적인 재해가 아니다.

인류는 마력이라는 새로운 에너지를 연구하면서 아주 많은 성과를 얻었다. 기존의 과학기술로 불가능하다고 여겨졌던 것들은, 이제는 더 이상 불가능한 일이 아니었다.

상온 핵융합 기술만이 아니다.

마력석을 이용해 만들어낸 신종 미생물은 방사능을 급속 제거 하는 기적을 가능케 했다.

마치 게이트 재해가 지평선 너머로 나아가기 위한 대가라도 되는 것처럼, 인류는 그 전에는 장기적으로 인류의 존망을 위협할 수 있다고 여겨졌던 많은 문제들에 대한 해결책을 얻었다.

그런 세상 속에서 용우는 때때로 심한 탈력감에 사로잡혔다.

자신이 사라졌던 15년의 간극을 따라잡기 위해 노력하다 보면, 사실은 저 간극이 영원히 따라잡을 수 없는 것이 아닐까 하는 아득한 절망감이 들었다.

세상은 이미 자신을 버리고 저 먼 곳으로 나아가 버렸고, 자신은 영원히 그 흔적을 더듬을 수밖에 없는 게 아닐까.

그런 감각을 잊을 수 있는 시간은 정해져 있다.

'새 차를 샀는데 거기에 두근거리기보다는 게이트가 그리워지다니.'

오로지 전장에 서서 목숨을 걸고 싸울 때뿐이다.

그때만큼은 영혼을 갉아먹는 이 절망감에서 자유로울 수 있다.

'확실히 내 정신에는 문제가 있군.'

용우는 스스로가 망가져 있음을 실감하고 있었다.

전장에 나서는 시간이 두려우면서도 기대된다.

자신의 존재가 그 어느 때보다도 가치 있어지는 그 시간이 온다는 것을 알기에 지금의 무력감과 절망감에 삼켜지지 않을 수 있다.

'과연 나는……'

그렇기에 용우는 생각한다.

'…이런 세상을 끝내 버리고 나면, 그 후에도 멀쩡히 살아갈 수 있을까?'

이 뒤틀린 세계가 자신이 기억했던 모습을 되찾고 나면, 그때 자신은 과연 살아갈 수 있을까?

*　　　　　*　　　　　*

쇼핑을 마친 뒤, 용우는 우희를 먼저 돌려보내고는 대형 쇼핑몰이 들어선 역 주변을 정처 없이 걸어 다녔다.

군중 사이를 정처 없이 돌아다니는 것은 용우의 몇 안 되는 취미 생활 중에 하나였다.

기분이 가라앉을 때면 이렇게 사람 많은 곳으로 나와서 그들 사이를 걸어 다니거나, 어디 한곳에 앉아서 조용히 그들을 구경한다.

모르는 얼굴 수백 수천 개가 스쳐 가는 것을 보고 있노라면 신기할 정도로 기분이 안정되기 때문이다.

세상에는 이렇게나 사람이 많다.

언젠가 내 손으로 죽여야 할지도 모르는 사람들이 아니라, 아무런 적의 없이 스쳐가는 사람들이 이렇게나…….

그 사실이 어비스에서 상처투성이가 된 그의 마음에 설명할 수 없는 이상한 위안을 주었다.

와아아……!

용우는 댄스 팀인지 아니면 아이돌 연습생인지 모를 여자애들이 광장의 계단에서 댄스 연습을 하는 걸 구경하다가 문득 한쪽에서 들려오는 환성을 들었다.

'무슨 이벤트라도 있나?'

용우는 호기심을 느끼며 소리가 들려오는 곳으로 가보았다.

쇼핑몰의 지하 시설로 통하는 입구 쪽에 패널에 세워져 있었는데…….

'이미나 씨?'

거기에 왠지 아는 얼굴이 프린트되어 있는 게 아닌가?

팀 반도호랑이의 헌터 이미나가 사람들에게 둘러싸여서 뭔가 이벤트를 하고 있었다.

'저 사람 연예인 활동도 하고 있었나?'

무슨 이벤트인지 궁금해서 포스터가 있는 곳으로 다가가던 용우는, 그곳에서 또 아는 얼굴을 만나고 말았다.

팬으로 보이는 사람들에게 사인을 해주고 있던 유현애였다.

"……"

여고생으로 보이는 아이들과 같이 셀카를 찍어주고 고개를 돌리던 유현애와 용우의 눈이 딱 마주쳤다.

용우는 잠시 그녀를 바라보다가 슬그머니 시선을 피하고는 몸을 돌려서 그 자리를 빠져나갔다.

"거기! 아저씨!"

이벤트에 몰려든 군중에게서 벗어나서 사람이 없는 곳을 걷고 있자니 뒤쪽에서 유현애가 부르는 목소리가 들려왔다.

용우가 못 들은 척하고 걸음을 빠르게 하는데 유현애가 쫓아오는 발소리가 순식간에 가까워져 왔다.

"얍!"

그리고 용우를 쌩 하고 지나치더니 깡총깡총 뛰는 듯한 움직임으로 그 앞을 가로막는다.

"아니, 눈도 마주쳐 놓고 모르는 사람인 척 도망치는 게 어디 있어요?"

씩 웃는 그녀에게 용우는 떨떠름한 표정을 지어주었다.

"조금 전하고… 다른데?"

잠시 그녀를 바라보던 용우가 반사적으로 말했다.

팬 서비스를 하던 그녀는 머리와 얼굴을 고스란히 드러내고 있었다.

하지만 지금의 그녀는 머리에는 모자를 쓰고, 얼굴에는 테가 굵직한 뿔테 안경을 쓰고 있었던 것이다.

그리고 아까 전에 봤던 것과는 웃옷도 달랐다. 그새 다른 옷으로 갈아입은 모양이다.

"후다닥 화장실 가서 변장하고 나온 거예요."

"변장? 그게?"

"사람들은 의외로 이렇게만 해도 잘 못 알아본다구요."

의기양양하게 말하는 유현애는 용우가 지금껏 보지 못한 모습이었다.

모자와 안경을 써도 귀여운 외모가 어디 가는 것은 아니었고, 20대라기보다는 여고생처럼 보이는 사복이 활달한 느낌을 주었다.

용우가 멀뚱멀뚱 바라보고 있자 그녀가 팔꿈치로 옆구리를 푹 찌르며 말했다.

"말을 해봐요, 응? 그렇게 못 본 척하고 가는 게 어디 있어요?"

"팬들한테 둘러싸여서 팬 서비스 하는 사람을 알은척해서 나한테 무슨 득이 있는데?"

"그런 때는 눈인사라도 해줄 수 있잖아요. 그냥 무시하고 쌩 가버리다니 섭섭하다구요."

"그건 미안하군. 그보다 이렇게 쫓아와도 되나?"

"어차피 도망칠 생각이었으니까 괜찮아요."

"……."

"미나 언니 이벤트란 말이에요. 근데 내가 거기 가 있으니까 사람들이 자꾸 나한테 몰려들어서 엄청 민폐 끼치고 있는 중이었어요."

한숨 섞인 목소리로 늘어놓는 이유를 들으니 납득이 갔다.

"어쨌든 도망쳐서 할 일도 없었는데 잘됐네. 놀아줘요."

"......"

어쨌거나 행정 데이터상으로는 39세 아저씨인 용우에게 놀아달라고 달라붙는 21세 여자애의 이 뻔뻔함과 붙임성을 대체 어떻게 받아들여야 하는가?

"혹시 바빠요?"

"아니, 그런 건 아닌데……."

"그럼 놀아줘요. 은혜도 갚을 겸 제가 한턱 쏠게요. 이 근처에 비싼 집 많으니까 아무 데나 골라잡아도 돼요."

아주 막무가내였다. 용우의 대답도 듣지 않고 속사포처럼 묻는다.

"근데 여긴 웬일로 나와 있었는데요? 집, 이 근처 아니지 않아요?"

"여동생이랑 같이 쇼핑 나왔어."

"음? 그럼 여동생분이 근처에 있어요?"

"아니, 먼저 집에 갔어."

"......"

"왜 그런 눈으로 보냐?"

"아니, 보통 같이 나오면 같이 들어가지 않아요? 식사라도 하고……."

"점심이야 같이 먹었지. 여동생은 공부도 해야 하고 해서 먼저 돌려보낸 거야. 난 사람 많은 데 걸어 다니는 게 취미라서……"

"엑? 그게 취미? 사람 많은 데가 뭐가 좋은데요?"

"아직 이 세상은 괜찮다는 느낌이 드는 점."

"……"

유현애는 퍽 해괴한 소리를 들었다는 표정으로 용우를 바라보았다.

용우는 설명하는 대신 화제를 돌렸다.

"원래는 주변 구경하다 아쿠아리움에라도 갈까 했는데……"

"아쿠아리움 좋아해요?"

"제일 큰 수조 앞에 앉아서 멍 때리고 보고 있으면 편안해져서 좋아. 몇 시간이고 그러고 있을 수 있지."

"우와, 취미가 하나같이 인생 다 산 사람 같아요."

"…그럴지도."

활달하게 재잘거리던 유현애가 움찔했다. 한 박자 늦게 대답하는 용우의 표정에서 함부로 말해서는 안 되는 피로감이 드러나고 있었기 때문이다.

유현애가 잠시 생각하더니 조심스럽게 물었다.

"어, 그럼 사람 적은 곳은 싫어요?"

"아니, 누구랑 같이 있을 때는 사람 없는 데가 더 좋아."

"그럼 여기 꼭대기에 있는 전망대 카페로 가요. 거기 전망도 좋고 창가 쪽에 룸을 만들어놨거든요. 전에 미나 언니랑 같이 가봤는데 방음도 나쁘지 않았어요."

용우가 고개를 끄덕이자 유현애는 그를 데리고 최고층용 엘리베이터를 탔다.

창가 쪽 룸 자리에 앉은 용우가 말했다.

"좋군."

건물이 빽빽한 서울의 도심 풍경이 내려다보이는 고층의 전망은 제법 마음에 들었다.

용우의 얼굴에 자연스럽게 미소가 번지자 유현애가 물었다.

"전망대 좋아해요?"

"전망대를 좋아한다기보다는… 높은 곳에서 내려다보는 걸 좋아해. 아파트 옥상이나 빌딩 옥상 같은 곳… 아니면 아직 한창 짓고 있는 빌딩 공사 현장 같은 곳 있잖아. 그런데 꼭대기에 올라가서 내려다보는 것도 좋아하고."

"응? 그런데는 어떻게 올라가는데요? 출입 금지 아닌가?"

"텔레포트로. 각성자가 되기 전에는 영화 같은 데서나 봤던 시추에이션이라서 해보고 싶어서 해봤는데… 재미있더군. 앙 상한 철골 위에 서서 바람에 흔들리면서 풍경을 보는 것도 기분이 꽤 좋아."

"와, 완전 부러워……!"

진심으로 부러워하는 유현애의 표정이 반짝반짝 빛나 보여서 용우가 피식 웃었다.

"전망은 왜 좋아해요?"

"왜 좋아하냐니… 보통 다들 좋아하지 않나? 전망대는 인기 있잖아?"

"그렇긴 하지만 아저씨는 왠지 이상한… 아니, 독특한 이유가 있을 것 같아서."

"……."

"에이, 다 큰 아저씨가 삐지지 말아요."

"너는 참……."

용우는 한숨을 쉬고는 대답했다.

"아까 전하고 비슷해. 세상이 아직 멀쩡하다는 느낌이 들어서 좋아."

모르는 얼굴들이 수도 없이 지나다니는 것도, 문명의 빛이 반짝이는 도심의 풍경도 그가 살고 있는 세상이 괜찮다는 안정감을 준다.

용우에게 있어서 그것은 계속해서 확인하지 않으면 현실감을 유지하기 힘든 부분이었다.

"……."

유현애는 뭐라고 말해야 할지 말문이 막혔다.

아까처럼 장난스럽게 말하자니 그렇게 말하는 용우의 표정이 너무 쓸쓸하고 피로해 보였다. 그리고 유현애는 저런 표정을 짓는 사람들을 안다.

'은퇴한 사람들……'

팀 반도호랑이에도 있었다.

누적된 전투 스트레스 때문에 PTSD에 시달려서 은퇴한 사람들이.

그런 사람들은 벗어날 수 없는 절망과 피로감을 안고 있었다.

더 이상 전장에서 버틸 수가 없어서 도망쳤는데, 또 전장에서 완전히 떨어져 보니 악몽이나 불안 증세를 견딜 수가 없어서 결국은 가까운 곳으로 돌아오고 마는 그런 사람들.

유현애는 그런 사람들을 볼 때마다 안타까움과 두려움을 동시에 느꼈다.

그녀 자신도 이미 실전의 무서움을 혹독하게 경험해 버렸기 때문이다.

그런 유현애의 기색을 알아차린 용우가 쓴웃음을 지으며 화제를 돌렸다.

"근데 여긴 커피값이 굉장한데. 하긴, 이런 풍경을 즐기는 값이라고 생각하면 괜찮군."

이 전망대 카페는 아메리카노 한 잔 가격이 용우의 집 근처에 있는 프랜차이즈 카페의 5배를 넘었다.

"뭐, 전망도 전망이지만 남들 눈길 신경 안 쓰고 있을 수 있으니까요. 미나 언니랑은 가끔 와요."

"이미나 씨는… 연예인으로 활동하나? 이벤트에 사람이 많이 왔던데."

"TV 안 봐요?"

그런 질문을 받을 줄 몰랐다는 듯 유현애가 눈을 휘둥그레 떴다.

"보긴 하는데 요즘 건 거의 안 봐. 여동생이 틀어놓은 걸 조금씩 보는 정도지."

"요즘 걸 안 보면 언제 걸 보는데요?"

"작년에 2012년도 것부터 시작해서 요즘은 2014년도 걸 보고 있어."

요즘 세상은 그런 세상이었다. 마음만 먹으면 얼마든지 과거 특정 시점의 TV 프로들, 드라마, 영화, 신문과 인터넷 기사까지 모아서 볼 수 있는 세상.

용우는 자신이 어비스로 끌려간 시점부터 시작해서 차근차근 현재로 향하는 작업을 하고 있었다.

그것은 용우에게는 꼭 필요한 일이었다.

어비스에서의 3년, 그리고 그가 없는 사이에 흘러가 버린

12년의 세월은 높다란 암벽 같았다.

그 벽을 앞에 둔 채로는 도저히 그 너머의 풍경을 상상할 수 없다. 그곳에서 살아가는 자신을 실감하기 어려워서, 이따금씩 주변의 모든 것이 몽상에 불과하고 사실은 아직도 어비스에 갇혀 있는 게 아닌가 하는 불안감이 밀려들었다.

"……."

유현애는 왜 그런 일을 하냐고 묻지는 않았다.

그녀는 용우가 끌려갔던 어비스가 어떤 세계였는지 모른다.

하지만 24만 명이 실종되었다가 그 혼자만이 돌아왔다는 것만으로도 그가 겪은 일이 상상을 초월할 정도로 잔혹했음은 유추할 수 있었다.

"언니가 최근에 시합 나갔었거든요. 코리안 헌터 파이팅 토너먼트라고……."

"아, 그거 광고하는 거 본 적 있어. 각성자들 모아서 격투기 시합 시키는 거지?"

"맞아요. 남녀 혼성으로 이루어진 시합이었는데 거기서 언니가 3위 했어요. 여자로서는 유일하게 입상해서 요즘 인기가 굉장하다구요."

"대단한데."

"언니가 각성자 되기 전부터 아시아에서는 알아주는 격투기 선수였거든요. 그래서 실력이 대단해요."

"그랬군."

용우는 딱히 헌터 업계의 개개인에게 관심을 두지 않았기에 전혀 몰랐다.

"아저씨는 그런 거 관심 없어요? 아저씨 엄청 세잖아요?"

"없어. 돈은 지금도 다 쓰지도 못할 정도로 벌고 있고… 사람들 관심은 받기 싫어. 바깥을 돌아다녀도 나를 알아보는 사람이 없는 정도가 딱 좋아."

"그건 좀 이해가 가네요. 저도 가끔 그랬으면 할 때가 있어요."

유현애가 팔짱을 끼고 자기도 다 안다는 듯 고개를 끄덕거렸다.

누가 봐도 어린애가 어른 흉내를 내는 것 같은 모습이라 용우는 피식 웃고 말았다.

"근데 아저씨는 뭐 나에 대해서는 궁금한 거 없어요? 계속 나만 물어보고 있네."

"글쎄. 사적으로는 딱히? 일할 때 서로 방해만 안 되면 어디서 뭘 하든 상관없잖아?"

"……."

"너 그 표정 무섭다."

"그렇게 보였다니 다행이네요. 그러라고 지은 표정인데!"

유현애가 손가락으로 눈꼬리를 치켜 올리며 말했다.

'보고 있으면 질리진 않는군.'

자기도 모르게 웃던 용우는 그렇게 생각했다.

"아, 물어보고 싶은 게 있긴 있어."

"뭔데요? 얼른 물어봐요."

"왜 팀 반도호랑이를 골랐어? 팀 크로노스나 팀 블레이드 쪽의 조건이 훨씬 좋았다고 들었는데."

용우는 크게 궁금하진 않았지만 그나마 궁금했던 사항을 물어보았다.

그러자 유현애가 정말 싫다는 표정을 지어 보였다.

"왜?"

"아니, 결국은 일 이야기구나 싶어서요."

"인터뷰 같은 데서 대답한 질문이었나?"

"좀 지겨울 정도로요."

"그럼 됐어. 나중에 따로 찾아보지."

"뭘 또 그래요? 내가 특별히 리바이벌해 줄게요. 더 좋은 조건 걷어차고 우리 팀을 고른 건 사장님이 제 팬이라서 그랬어요."

"…응?"

예상 못 한 이유에 용우가 눈을 크게 떴다.

그 표정이 재밌었는지 유현애가 깔깔 웃으며 말했다.

"사장님이 프로 게이머 시절부터 제 팬이었다구요. 개인 방송 하면 와서 후원금 막 펑펑 쏴주고……."

"……"

"그리고 협상전 미팅 때 그러시는 거예요. 솔직히 경영자로 서는 무조건 잡고 싶은데, 팬으로서는 그러지 못하겠다. 다른 데도 아니고 팀 크로노스나 팀 블레이드가 열정적으로 원하는 상황이니까 둘 중 하나 골라잡고 좋은 대접 받아라. 멀리서나마 응원할 테니까, 헌터가 되고 나서도 가끔 개인 방송이라도 해줬으면 좋겠다……."

유현애는 그 태도에 감동해서 팀 반도호랑이를 골랐다.

"다른 데가 더 좋은 조건을 들이밀었다고는 하지만 어차피 그때의 저한테는 어느 쪽이든 실감이 안 갈 정도였거든요. 갑자기 연봉 60억, 70억… 그런 액수가 막 들이대지니까. 그래서 마음 가는 대로 골랐어요."

약간 부끄러워하며 웃는 유현애를 잠시 바라보던 용우가 물었다.

"후회는 없어?"

"음……."

유현애는 잠시 망설이다가 대답했다.

"반반이에요. 만족하는 마음이 반, 후회하는 마음이 반."

"더 좋은 환경에 대한 열망은 있는 건가?"

"으, 아저씨."

"왜?"

"그런 식으로 묻지 말아줄래요? 말투가 완전 존댓말 빠진 인터뷰어 같잖아요."

"주의하지."

용우가 어깨를 으쓱하자 유현애는 눈을 한 번 흘기고는 말했다.

"더 좋은 환경이라기보다는… 우리 팀은 굉장히 분위기가 좋았거든요. 사장님이랑 미나 언니만이 아니라 다들 유쾌하고 좋은 사람이었어요."

하지만 유현애가 투입된 첫 전투에서 5명이나 되는 사람이 죽었다.

뿐만 아니라 정신적, 육체적으로 더 이상 전투를 수행할 수 없게 되어서 은퇴하게 된 사람들도 몇 명 있었다.

"장례식에 갔는데… 그런 생각이 들더라구요. 내가 이 팀에 안 왔으면 이런 일도 없지 않았을까."

팀 반도호랑이 1부대가 겪은 일은 어디까지나 불행한 사고였을 뿐이다.

하지만 유현애는 자기 때문이라는 자책감에서 벗어나기 어려웠다.

그녀가 없는 전장에서 지휘관 개체가 출현할 때까지 종종 악몽에 시달렸고 팀원들을 보기가 어려웠다. 모두가 그녀 탓

이 아니라며 위로해 줬지만, 그 말들은 마음속까지 와닿지 못하고 허공으로 흩어져 갔다.

"지금은 그런 생각을 해요. 팀 크로노스나 팀 블레이드에 갔더라면… 그래서 거기서 똑같은 일이 터졌다면 어땠을까. 그랬으면 좀 더 피해가 적지 않았을까."

매해, 매 분기마다 업계 실적 1위를 다투는 그 둘은 중상위권 팀인 팀 반도호랑이와는 격이 다르다.

그들이라면 같은 상황에서도 더 나은 대처력을 보여줬을 것이다.

어쩌면 아무도 죽지 않고 끝날 수 있었을지도 모른다…….

"헌터가 팀을 선택한다는 건 스포츠 선수가 팀을 선택하는 것하고는 다르다는 걸 뒤늦게 깨달은 셈이에요. 전 아무것도 몰랐던 거죠."

"그럼 이적할 생각인가?"

"그것도 생각 중이에요. 하지만 이제 와서 팀을 나가 버리면 사정이 어려워진 팀을 배신하는 것 같은 기분도 들어서…….."

한숨을 쉬던 유현애는 누군가 이 사실을 물어봐 주길 바랐다는 것을 깨달았다.

미디어의 인터뷰는 물론이고 친하게 지내는 이미나에게도 말하지 못한, 아니, 오히려 그녀가 상대라서 말하지 못한 고민이었다.

"아저씨가 부럽네요. 혼자서 해도 다들 제발 와달라고 할 정도로 뭐든지 할 수 있으니까. 나도 아저씨처럼 강했더라면……."

"그런 생각은 하지 마."

용우가 딱 잘라서 말했기에 유현애가 흠칫했다.

"유능한 사람이든 무능한 사람이든 마찬가지야. 특히 전장에서는… 눈앞에 닥친 일을 해결하는 게 고작이지."

"……"

그 말에는 무시할 수 없는 무게감이 있었다. 힘든 경험을 한 사람만이 담을 수 있는, 그런 무게감이.

"무엇보다 넌 이 업계에서는 햇병아리에 불과하잖아. 네 팀원들도 네가 그런 소리를 하는 걸 들으면 애송이가 건방지다고 화낼걸. '아티팩트 가졌으면 다냐!' 하고."

"그러는 아저씨도 햇병아리잖아요!"

"나는 햇병아리지만 닭들보다 잘났을 뿐이지."

"우와, 재수 없어……."

조금 전까지의 감정은 흔적도 없이 식어버린 유현애가 투덜거렸다.

용우는 빙긋 웃으며 생각했다.

'이 녀석은 확실히 쓸 만해.'

유현애는 자신이 특별하다는 것을 알고 있다.

그리고 특별하기에 평범한 수준으로 끝나서는 안 된다는 자각과 향상심이 있다.

'만약 필요해진다면 그때는……'

대화를 나누며 일어난 감정과는 별개로 냉정하게 유현애의 가치를 따져봤다.

용우는 그런 자신을 멀리 떨어져서 보는 것 같은 감각을 느끼며, 그런 자신이 싫다고 생각했다.

하지만 어쩔 수 없었다.

어비스에서 생존하기 위해 터득한 사고방식은 이미 그의 존재 깊숙이 뿌리내리고 있었으니까.

용우가 그런 자신을 외면하듯이 슬슬 해가 저물어가는 창밖의 도심 풍경을 바라볼 때, 유현애가 말했다.

"슬슬 배고픈데 밥 먹으러 가요."

"……"

"왜 그런 눈으로 봐요? 설마 저녁까지 같이 먹으러 가자고 할 줄은 상상도 못 했다, 뭐 그런 건 아니겠죠?"

바로 그런 마음이 담긴 표정이었다.

유현애는 계산서를 흔들면서 말했다.

"어차피 할 일도 없다고 그랬잖아요. 제가 추천하는 가게로 가자구요. 여자들 좋아하는 가게도 알아놔야 나중에 여동생분도 데리고 가고 그러지 않겠어요?"

"…그건 좀 마음이 동하는군."

용우는 어쩔 수 없다는 듯 그녀를 따라 일어났다.

『헌터세계의 귀환자』 3권에 계속…

초대형 24시 만화방

신간 100%, 샤워실, 흡연실, 수면실(침대석), 커플석, 세탁기 완비

▪ 광명 광명사거리역점 ▪

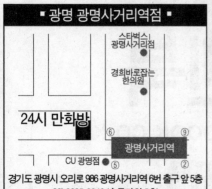

경기도 광명시 오리로 986 광명사거리역 6번 출구 앞 5층
02) 2625-9940 (솔목타워 5층)

▪ 강북 노원역점 ▪

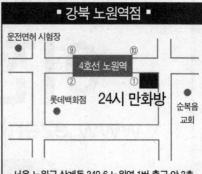

서울 노원구 상계동 340-6 노원역 1번 출구 앞 3층
02) 951-8324 (화용빌딩 3층)

▪ 일산 정발산역점 ▪

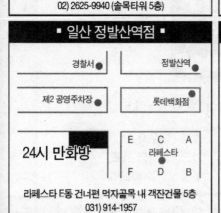

라페스타 E동 건너편 먹자골목 내 객잔건물 5층
031) 914-1957

▪ 일산 화정역점 ▪

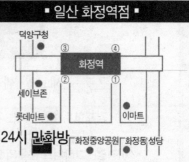

경기도 고양시 덕양구 화정동 984번지 서일빌딩 7층
031) 979-4874 (서일사우나 건물 7층)

▪ 부천 역곡역점 ▪

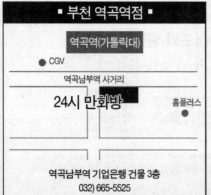

역곡남부역 기업은행 건물 3층
032) 665-5525

▪ 부평역점 ▪

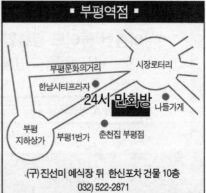

(구) 진선미 예식장 뒤 한신포차 건물 10층
032) 522-2871

천마신교
낙양지부

정보석 新무협 판타지 소설

FANTASTIC ORIENTAL HEROES

무협武俠의 무武란 무엇을 뜻하는가?
바로 자신의 협俠을 강제強制하는 힘이다.

자신을 넘어, 타인을 통해, 천하 끝까지 그 힘이 이른다면,
그것이 곧 신神의 경지.

일개 인간이 입신入神하기 위해
필요한 것은 무엇인가?

지금, 그 답을 찾기 위한
피월려의 서사시가 시작된다!

Book Publishing CHUNGEORAM
www.chungeoram.com

한의 韓醫 스페셜리스트

가프 장편소설

FUSION FANTASTIC STORY

돌팔이 소리만 듣던 한의사 윤도,

달라지고 싶은 마음에 찾아간 중국 명의순례에서
버스 추락 사고에 휘말리고 마는데…….

구사일생으로 살아 돌아온 지 30일.
전에 없던 스페셜한 능력들이 생겼다?

초짜 한의사에서 화타, 편작 뺨치는 신의로!
세상의 모든 질병과 인술 구현에 도전한다!

Book Publishing CHUNGEORAM

유행이 아닌 자유추구 -
WWW.chungeoram.com

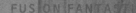

FUSION FANTASTIC STORY

박골 장편소설

내 손끝의 탑스타

그의 손이 닿으면 모두 탑스타가 된다?!

우연히 10년 전으로 회귀한 매니저 김현우.
그리고 그의 눈앞에 나타난 황금빛 스타!

그는 뛰어난 처세술과 냉철한 판단력으로
다사다난한 연예계를 돌파해 나가는데……

돈도, 힘도, 빽도 없지만 우리에겐 능력이 있다!

김현우와 어울림 엔터테인먼트의
통쾌한 성공기가 지금부터 시작된다!

Book Publishing CHUNGEORAM

유행이 아닌 자유추구
WWW.chungeoram.com

침략자 장편소설

FUSION FANTASTIC STORY

작가
정규현

출판 작가 정규현
완결 작품 4질, 첫 작품 판매 부수 79권

"작가님, 이건 좀 아닌 것 같습니다."
"대마법사, 레이드 간다! 5권까지만 종이책으로 가고
6권은 전자책으로 가겠습니다."

"15페이지 안에 흥미를 유발하지 못하면 계약은 없습니다."

언제나 당해왔던 그가 달라졌다?
조기 완결 작가 정규현의 인생 역전기!

Book Publishing CHUNGEORAM

유행이 아닌 자유추구 -
WWW.chungeoram.com